聽不見的聲音

the Thing About Jellyfish

ALI BENJAMIN
艾莉．班傑敏—著　王翎—譯

目次

第二部　假設

第三部　背景知識

第四部　變因

第五部　實驗步驟

第七部　結論

推薦序

一段格格不入的失序青春

劉鳳芯（國立中興大學外文系副教授）

《聽不見的聲音》是一則十二歲女孩的懺情錄。故事透過第一人稱和第二人稱敘述的交錯書寫，回溯與還原主角與其唯一好友從幼稚園到七年級的友情發展變化，是一部深入刻畫少女幽微心境、也觸及國中校園生活的青少年小說。

生活失序與毫無道理的人生體驗是本書聚焦描寫的青春期經驗。書中透過一名聰明但心思極度敏感、對於資訊的消化與理解傾向往幽微處打轉、容易出現恐慌身心反應、個性較為封閉的十二歲女孩，以凸顯青春期少女（當然也包括少年）在接二連三遭遇學校同儕排擠霸凌、父母離異、好友變心繼而驟死的巨變中，內心的困惑痛苦與自救掙扎。書中不時穿插主角自然科授課教師所提點的實驗步驟與科學研究原則，對比主角好友毫無來由的漸行漸遠、在學校不明就理受到冷落鄙夷的處境，一則暗示主角試圖透過有序可循、能夠驗證的理性科學重建她對世界、對人情的理解；另一則也顯示蘇希即便切斷與外界的溝通、拒絕心理醫生的諮商、排斥父母的關懷，卻從無一刻放棄自救：她不斷透過與自我和與逝者對話以期釐清友誼變調的始末、持續埋首鑽研熱中的科學主題，以期對人事對世界，甚至對好友死因有更多理解；甚至，她還擬定了海外解決計畫並付諸行動。小說主角凡此種種舉措，皆是在抑鬱的心境中努力求生的表現，可見女孩蘇希並非自陷自溺、無病呻吟；而當我們透過此一角度嘗試理解蘇希的思考與行徑，也或許就能明白當蘇希聽聞好友遽逝，開始轉入一段與外界長時斷線的飛航模式時，不是任性自棄，而是生物出於求生本能的自保之舉。

本書原文書名若直譯中文，便是「關於水母」（The Thing about Jellyfish），可見水母於此書具關鍵意義。確實，水母不僅是《聽不見的聲音》書中另一種聽不見的聲音，也是貫穿全書的沉默配角，舉足輕重、含義多重。首先，根據蘇希的主觀認定，水母可能是殺死好友的元凶；但當蘇希為大動作提醒好友，將自己的尿液／體液放進好友置物櫃，卻恰恰複製了水母在遭受攻擊時會釋放身體毒液的生物反應，所以小說似乎又將蘇希比擬水母，暗示她可能也是導致好友死亡的沉默殺手。此外，小說透露大約一小時就有三百五十萬人被水母螫傷，而蘇希在小說中也常喃喃計數每秒每分被水母螫傷的人數……由於此類敘述反覆出現於書中，不禁令人好奇小說是否也試圖透過蘇希之口，指出人類也時刻為近在咫尺、沉默又看似無足輕重的「類水母」／他人所傷而不自知，提醒我們重視？

小說尾聲，主角蘇希出國尋求解答，這樣雖不是最好的結局，但小說整體仍傳達積極結論：我們每個人身上都或多或少有著屬於古人或他人的原子，「整個宇宙就是一組巨大的樂高」；換言之，誠如英國詩人約翰・多恩（John Donn，一五七二—一六三一）的名詩所言：沒有人是一座孤島。故舊儘管遠去、父母即便分居，我們與世界的聯繫並不會因此切斷。小說終章，蘇希在班上男同學賈斯汀的揮手鼓勵和另一位女同學莎拉的微笑表情中，將哥哥的照片、媽媽的手機——而蘇希不久前才用這支手機和爸爸通過電話——全部放入衣服口袋，即將邁出步伐進入舞會現場，預示賈斯汀可能取代好友芙蘭妮成為蘇希的新知己——而且這回將不再是愁困二人組，還有其他同學和自然老師加入！

推薦序

生命蛻變的本能

羅怡君（親職溝通作家）

闔上這本書，我打開電腦搜尋水母的影片，關上聲音，就這麼安靜看著畫面上的水母游了一會兒。

與其說這是個十二歲女孩尋找自我、思索友誼與生命的故事，不如說作者更想帶領我們重新感受人生裡「有時候，事情就這麼發生了」的那些時刻。

一個青春期的女孩能碰上多少這種事？父母協議離婚、一起長大的哥哥搬出去住，而這時候剛好要上棘手的七年級，還沒來得及整理好學校的課業與人際關係，卻先接到好朋友突然溺水過世的消息，更糟的是她們先前才對彼此做出決裂難堪的舉動……大人們以「有時候，事情就這麼發生了」解釋難以理解的溺水意外，然而對一個看似「已經長大」的孩子而言，沒有對她交代清楚的、無法說出邏輯原因的，又何止好友的意外而已？

原本就搖搖欲墜的生活頓時崩塌四陷，獲知消息後她開始保持沉默，一句話也不說。對身旁的人而言，確實聽不見她開口說話，但此時女孩的世界裡每天轟隆作響，震耳欲聾的各種自責聲音逼得她無所遁逃，只能閉起嘴巴先安頓心裡的驚滔駭浪。

這是小說嗎？真實人生似乎相差不遠，只是我們未必如主角般敏銳專注，又或者我們不被允許這樣「失常」、「脫軌」地處理自己的困惑和情緒？

作者巧妙的選擇「水母」串連著全書。女孩轉移悲傷而對好友死因做的猜測，讓她一股腦的栽進水母螫人的研究；而水母的各項特徵在書裡竟顯得如此優美合宜，恰如其分的將複雜抽象的情境細節轉換成讀者腦海裡的具象畫面。

正如第一章即出場的「鬼心」：沒心沒腦的水母一縮一放的搏動像極了正在跳動的心，然而牠的透明讓人可望穿另一邊的世界。書裡詭異冷調的氛圍立刻隨著水母群瀰漫開來，將我們帶入女孩主角孤獨不被了解、聰敏，但與團體格格不入的冷僻內心。

又如中段裡提及水母擁有劇毒的特質正是脆弱生物自保的方法，沒有人會認為連一根骨頭都沒有的水母擁有毒液就是個壞蛋，甚至還有許多科學家、冒險家為此深深著迷，這個現象讓女孩以質問隱喻內心深處的期待：有人可以愛上這麼毒的生物，那有誰能了解不被理解的我嗎？

除了靜謐奇幻的水母世界，作者也默默替我們推開通往心底的祕密通道。透過對過往友誼發展的回憶陳述、當下仍需應付的課堂現實和祕密擬定的未來出走計畫，這三種同時存在的時空線索指引我們發現，在看似安靜沉默的表象背後，有著多麼立體深厚的內心宇宙等著我們探索理解。

幸好這世上水母大多成群。透過一位也懂得適時保持沉默、善於陪伴等待的老師，漸漸的把這些孤單漂流的水母吸引過來，牠們仍然各自伸展，只是從彼此透明的身軀望穿過去，也能看見同類努力活著，還能一起期待陽光。

《聽不見的聲音》原本說的是青春期孩子理解失去、找尋自我的過程，但能讓所有讀者有機會一窺傷痛療癒的過程，並見證生命蛻變的本能。

優雅從容漂浮的水母一點兒也不怕大浪，現實人生有時如此困難，也許我們該專心地呼吸吐納，暫時「水母漂」一會兒，聆聽心裡頭那些別人聽不見的聲音吧。

推薦序

怪咖少女　青澀歲月

黃怡芳（桃園市立建國國中教師）

剛進入國中的七年級新生是校園中很可愛的一群。尚未發育的小男生，身高和體重往往低於女生，稚嫩的童音穿梭在校園，往往得低頭才看見他們正在你胳肢窩邊追逐；至於女生，也有一些身材扁平、四肢瘦小，但比例勻稱的小女孩，在一個個搔首弄姿的大女孩圈外嬉戲，她們尚未進入青春期，對異性的好奇，對身材的自覺，往往還沒開始，也因此，小女孩常會落單，如果她的動作再慢一點，社交技巧再笨拙一些，那就注定她要成為「怪咖少女」的命運了。

本書中的女主角蘇希就是這樣的少女，頂著一個永遠糾結的爆炸頭，快十二歲了，月經還沒來，整天說個不停，說的都是她熱愛的自然科學，只是，枯燥的科學數據，使同學對她敬而遠之。幸好她有一個從五歲就認識的同學——芙蘭妮，芙蘭妮有一頭亮麗金髮，擅長游泳，但有閱讀和書寫障礙，常被同學譏笑，但蘇希照顧她，兩個人總是說個不停，笑個不停。

只是這段友誼在小學五年級時發生變化，芙蘭妮開始喜歡上帥氣而刻薄的狄倫，為了吸引夢中情人，她開始穿小洋裝，翹著屁股和班上的美女群聊天，逐漸忽略了蘇希。偏偏在此時，蘇希的父母離婚，溫柔體貼的哥哥也離家上大學，看著家人和朋友離去的背影，她內心無比傷痛，就在某次狄倫殘忍虐殺青蛙的行為後，兩好友完全決裂，蘇希為了喚醒好友的良知，做了一件傷害芙蘭妮的事。七年級開學前，芙蘭妮溺水死了，蘇希很錯愕，她的歉疚還來不及表達，年輕的生命怎麼可能會結束？母親不能給她答案，她決定不再問也不再說話，因為不能合時宜的說話，帶給她的傷害實在太大。她開始研究水母，要為好友做一點足以彌補的事，甚至打算搭機從美國到澳洲去找水母專家協助，她覺得，只有這個水母專家能懂她的處境，能給她最大的幫助……

本書作者用了極細膩的動作刻畫，呈現兩人關係逐漸生變的過程：例如當芙蘭妮覺得蘇希跟她話不投機時，她開始有「皺眉」、「翻白眼」的反應，接著在午餐時和所有女生「一起轉身背對」蘇希聊天，只因蘇希在午餐時講了「尿液是乾淨的」、「蝴蝶會吸食尿液」等話語，讓她很沒面子。

還有，作者以充滿想像力的畫面來解釋科學概念，這使我耳目一新。例如：「物種滅絕就好像你走進動物園，卻發現幾乎所有動物都消失，籠子裡一片荒涼，只剩下鳥、貝類和蝸牛。」「如果把水母出現的時光壓縮成八十年壽命，則人類是到最後那苟延殘喘的十天才出現在歷史舞台。」故事中的比喻都讓我對這些常識有更清楚的概念。

這是需要耐心閱讀的小說，因為作者把主角六年級和七年級發生的事同時呈現，這造成一些理解上的困難，可是，她的伏筆埋得很細膩，使整篇作品的結構緊密，也讓我在第二次閱讀時有恍然大悟之感，甚至期待再看第三回……

小說的結尾，蘇希從芙蘭妮的媽媽口中得知：其實芙蘭妮很羨慕蘇希完全不在意別人怎麼看自己，哥哥亞倫也透露自己在國中時因為同性戀的傾向和瘦弱的身材而痛苦難熬，總算，有人懂蘇希了。

對一些怪咖少女和遜咖少年來說，青澀的中學階段真的很難熬。我們其實可以多多尊重每個人的獨特性，也希望大家在欣賞自己的特點之餘，也能認真傾聽朋友的話。

獻給世界各地的好奇寶寶

鬼心

水母，不管是像警示燈一樣發出閃光的血紅色警報水母、花俏的花笠水母，或是近乎透明的海月水母，如果你盯著牠很久很久，就會開始覺得牠看起來像一顆在跳動的心。是牠們搏動的方式，快速的收縮起來然後放鬆，讓牠們看起來像是一顆鬼心——妳可以一眼看穿那顆心，直直穿入另一個世界，妳曾遺失的所有東西都躲在那裡。

當然，水母連心臟都沒有——沒有心，沒有腦，沒有骨骼，沒有血液。但只要一直望著牠們，妳就會看到牠們在一縮一放的搏動著。

杜頓老師說，如果活到八十歲，妳的心臟總共會跳三十億次。我回想她說的話，試著想像這麼大的數字：三十億。假如時光倒流三十億小時，現代人還不存在——只有眼神狂亂、渾身是毛，還不停發出低吼聲的山洞野人。倒回三十億年前，地球上幾乎還未出現生命。然而妳的心就在那裡，無時無刻工作著，跳了一下又一下，一直跳到第三十億次。

前提是妳能活那麼久。

妳睡覺、看電視，或是站在海灘上腳趾陷入沙裡的時候，它都在跳。也許是妳佇立觀看幽暗海面上閃爍的白光，想著值不值得再弄溼一次頭髮的時候。也許是妳注意到泳裝肩帶掐在晒紅的肩膀上有點緊，或是陽光太刺眼的時候。

妳瞇起眼。妳現在和其他人一樣活蹦亂跳。

同時，海浪沖刷過妳的腳趾，一波接一波（幾乎像是心跳——若有似無），肩帶在肩上陷得更深了，也許比起陽光或繃緊的肩帶，更吸引妳注意的是海水有多冷，或是波浪如何在腳下濡溼的沙地中沖出空隙。妳媽媽在附近的某一處，她在拍照，妳知道妳應該轉過頭朝她微笑。

但是妳並未這麼做。妳未曾轉頭，未曾微笑，只是一直向外望著大海，而妳們都不知道這個時刻有什麼要緊，或是即將發生什麼事（妳怎麼會知道呢）。

在這段時間裡，妳的心臟只是一直在跳。它做它該做的，跳了一下又一下，直到它收到是時候停止的訊息，離現在可能只有幾分鐘，而妳毫不知情。

因為有些心臟只跳了大概四億一千兩百萬次。

聽起來好像很多。但事實是，幾乎不夠讓妳活到十二歲。

第一部

研究目的

無論撰寫中學的實驗報告，或是真正的科學論文，都要從緒論寫起，為之後提供的所有資料設定目的：我們希望在這個研究中發現什麼？這對人類來說有什麼意義？

——杜頓老師，七年級自然科科任教師

麻薩諸塞州南葛洛夫市的尤金菲爾德紀念中學

觸摸

在七年級剛開學的前三週，我學到一件最重要的事：只要保持安靜，就能隱身不見。

我以前一直以為，視覺關乎的是雙眼所見。但是等到秋天，尤金菲爾德紀念中學安排學生到海生館參加戶外教學時，我，蘇希．史萬森，在那趟旅程中完全銷聲匿跡。我才知道，原來視覺和雙耳所聞比較有關係。

我們站在觸摸池展間，聽一個大鬍子工作人員用麥克風說：「將你的手攤平。」他解釋如果我們將手放進池子裡，攤平之後完全不動，小鯊魚和魟魚就會像友善的家貓一樣輕蹭我們的手掌。「牠們會游到你的手邊，但是你一定要保持手掌攤平，而且完全不動。」

我還滿想試試看讓鯊魚碰到手指的感覺，可是觸摸池邊太擁擠了，而且很吵。我站在展間最後面靠牆的地方，只是看著。

為了這次戶外教學，我們之前在美術課還特地將手染成亮橘和亮藍色，製作出紮染T恤當班服。現在我們穿在身上的T恤，活像精神病院的病人服。我想用意是如果任何一個學生走失，可以很容易就看到人吧。幾個長得漂亮的女生，像是奧布芮．拉瓦里、莫麗．山普森和珍娜．范胡斯，將垂到臀部的T恤下襬打成結，而我身上這件鬆垮垮的垂在牛仔褲上，活像畫家穿的老舊工作罩衫。

自從「最糟糕的事」發生之後，到現在剛好滿一個月，我開始不講話也差不多那麼久了。不是像大家以為的拒絕講話，只是我決定不要讓世界充斥不必要的話語。「不講話」是「講個不停」的相反，我以前常常講個不停，但是不講話也比大家想要我做的「閒聊一下」好一點。

如果我願意閒聊一下，也許我爸媽就不會堅持要我去看「那種你可以和他講講話的醫生」，也就是我今天下午去完戶外教學之後要做的事。老實說，他們的想法一點道理都沒有。我的意思是，如果一個人不講話，如果那就是問題所在，那也許她最不需要去看的，就是那種你可以和他講講話的醫生。

此外，我知道那種你可以和他講講話的醫生代表什麼。表示我爸媽覺得我的腦筋有問題，不是讓人算不出數學題或學不會閱讀的問題，是他們覺得我有精神上的問題，芙蘭妮會形容是「瘋瘋有洞」的那種問題。瘋瘋有洞是「發瘋腦袋有洞」的簡稱，就是說一個人發瘋了，腦袋「滿是裂縫和破洞」。

表示他們覺得我的腦袋有裂縫和破洞。

「雙手保持攤平。」海生館的工作人員對著非特定的任何一人解說——也好，反正沒人在聽他說話。「事實上，這些生物甚至可以感覺到展間裡的心跳，所以你真的不需要亂動手指。」

看書時嘴裡一定要唸唸有詞的賈斯汀．馬隆尼一直想去抓魟魚的尾巴，他的褲子很鬆，每次彎身靠近水面，我都可以看到他的內褲露出幾寸褲頭。我還注意到他的紮染T恤穿反了。另一隻魟魚游過，賈斯汀急著伸手到水裡抓魚，濺出來的水將站在他旁邊的莎拉．強斯頓潑得全身溼。她將濺到前額的鹹水抹掉，移動幾步遠離賈斯汀。

莎拉是新來的同學，很文靜，我喜歡這點，而且她在開學第一天就對我露出笑容。但是後來莫麗走過去和她講話，之後我又看到她和奧布芮在置物櫃前面聊天，所以現在莎拉也和她們一樣，將T恤下襬在腰間打結。

我將眼睛前的一撮頭髮撩開，努力將它塞在耳後——爆炸頭小姐，頭髮亂蓬蓬。那撮頭髮一下子又掉到臉頰旁。

狄倫．帕克躡手躡腳走到奧布芮後面。他抓住她的兩邊肩膀用力搖晃。「鯊魚來啦！」他大喊。

他周圍的男生大笑著。奧布芮尖叫起來，她身邊的女生也跟著細聲尖叫，但是她們全都咯咯傻笑，就是女生有時候當男生在場時會有的那種反應。

我當然接著就想到芙蘭妮，因為她如果也在場，她也會那樣傻笑。

那股想冒冷汗的難受感又來了，每次想到芙蘭妮，我都有同樣的感覺。

我緊閉雙眼。前幾秒鐘，黑暗令人放鬆下來。但接著一個畫面竄入腦海，不是美好的那種。我想像觸摸池破了，魟魚和小鯊魚散落滿地，我思索著，牠們在空氣中窒息而死之前可以撐多久呢？

牠們會覺得一切都無比冰冷、銳利，而且明亮，然後永遠停止呼吸。

我張開眼睛。

有時候你太渴望事情改變，甚至沒辦法忍受再回到一切還是原樣的地方。

遠處的角落裡，一個箭頭指向樓梯間，是通往樓下的「水母區」展間。我穿過展間到了樓梯間，然後回頭望去，看會不會引起任何人注意。狄倫在朝奧布芮潑水，她再次尖叫。其中一名導護老師朝他們走去，邊走邊開罵。

即使我穿著霓虹色彩的紮染班服，還頂著一頭醒目的爆炸頭，似乎沒有人看到我。

我下了樓梯，朝「水母區」展間走去。

沒有人注意到，沒有任何人。

有時候事情就這麼發生了

妳死了，而我在整整兩天之後才得知。

那是八月下旬的某個下午，接在六年級之後漫長而寂寞的暑假即將結束。媽媽在屋外叫我，只看她的樣子，我就知道有什麼事不對勁——真的、真的很不對勁。我嚇壞了，以為爸爸出了什麼事。但自從他們離婚以後，媽還會關心爸爸受了什麼傷嗎？然後我就猜想或許是哥哥怎麼了。

「蘇。」媽開口。我聽見冰箱運轉的嗡嗡聲、淋浴噴頭滴水的啵啵聲，還有壁爐架上老時鐘發出的滴答聲，它只有在我記得上發條的時候才是準的。

長長的陽光穿過窗戶，像是透牆而入的幽魂。它們落在地毯上，靜止不動。

媽媽的語調平板，說話的速度和平常一樣，但是一切似乎都慢下來，好像時間本身也變得沉重，或者就像時間已不復存在。

「芙蘭妮·傑克森溺死了。」

九個字。說出來大概只需要幾秒鐘，但似乎過了半個鐘頭那麼久。

我的第一個念頭是：好奇怪。她為什麼叫芙蘭妮的全名？我不記得我媽曾經連名帶姓的喊妳，她一向都只叫妳芙蘭妮。

接著我忽然懂了接在妳名字之後的那幾個字。

溺死了。

她說妳溺死了。

「她去度假。」媽繼續說。我注意到她坐在那裡一動也不動，雙肩無比僵硬。「去海邊度假。」

然後她補充說明，好像多少可以讓她剛說的話變得更有道理似的：「在馬里蘭州。」

但是當然，她的話一點道理都沒有。

有一百萬個理由可以證明她的話沒有道理。她的話沒道理，因為我明明不久之前才看到妳，妳那時跟任何人一樣活蹦亂跳；她的話沒道理，因為妳的泳技一直那麼好，從我們第一次見面的時候就一直比我好。

沒道理，因為我們的友情不應該以那樣的方式結束。任何事情都不該以那樣的方式結束。

但我媽媽卻在這裡，就當著我的面，說出這些話。說得跟真的一樣，說得好像她很確定自己在告訴我的是什麼事。這代表我上次瞥見妳——在六年級的最後一天，提著裝了溼衣服的袋子，在走廊上邊哭邊走遠——就是我這輩子最後一次看到妳。

我盯著我媽。「沒有，她沒死。」我說。

妳沒死。妳不會死的。我確定。

媽媽張開嘴想說些什麼，但是又閉上了。

「她**沒死**。」我強調，這次說得更大聲。

「那天是星期二。」媽說。她的聲音比之前更平靜，就好像我大聲說話的時候，把力量都從她的鼻息吸光了。「星期二發生的事，我剛剛才知道。」

現在星期四了。

已經過了整整兩天。

我每次想到這兩天，想到妳離開和我得知之間的這段時間，我都想到星星。妳知道離我們最近的星星發出的光，我們要等四年才會看到嗎？這表示當我們看到星星的時候——不管看到的是哪顆星星——我們真正看到的，其實是它過去的模樣。天空上每一顆星星，所有那些閃爍的光點，都可能在好多年前就已經燃燒殆盡——或許整片夜空在這一分鐘空無一物，但我們毫不知情。

「她會游泳。」我說：「她是游泳好手，記得嗎？」

媽什麼都沒說，我再次努力。「媽，妳記得吧？」

媽媽只是閉上眼睛，將額頭埋進雙手掌心。

「不可能的。」我堅持。她為什麼就是看不出來這件事是多不可能發生？

等媽媽抬起頭，她一個字一個字的說，好像很努力想要確定我能聽懂每個字。「蘇，就算是游泳好手也會溺水的。」

「可是沒道理啊。她怎麼可能——」

「蘇，不是每件事都有道理。有時候事情就這麼發生了。」她搖搖頭，深吸一口氣。「聽起來很可能一點都不真實，我也覺得很不真實。」

她再次閉上雙眼。過了長長的幾秒鐘之後，她再次睜開眼睛，整張臉擰成好可怕的樣子，淚珠滾落雙頰。「我很抱歉。」她說：「我真的很抱歉。」

她看起來好滑稽，臉全部皺成一團。我討厭她在我眼中的樣子。我別過頭去，那些沒道理的字眼還在我腦海中盤旋。

妳溺死了。

在馬里蘭州游泳的時候。

兩天前。

不對，全部都沒道理。當時沒道理，當天稍晚星星沉落地平線沒道理，隔天早晨旭日東昇也沒道理。

世界竟可以繼續運轉，太陽還依舊升起。一點道理都沒有。

這段時間我一直在想，我們的故事就只是「我們的」故事。但事實是妳有妳的故事，而我有我的。我們的故事或許有那麼一段互相重疊——重疊的段落長到看起來像是同一個故事，但卻是不同的。

於是我明白了：每個人的故事都不同，自始至終都是如此。沒有人會真的跟別人一直在一起，即使有一陣子看起來好像是這樣。

有那麼一段時間，我媽媽知道妳出了什麼事，她已經開始承受打擊，我卻只是像其他天一樣，在草地上跑來跑去；有那麼一段時間，其他人知道，但我媽媽還不知道；還有一段時間，妳媽媽知道，但地球上幾乎沒有其他人知道。

這表示有那麼一段時間，妳走了但是地球上沒有人知道。只有妳，孤孤單單的沒入水裡，甚至沒有人起疑。

想到這裡，那股寂寞真是難以想像。

「有時候事情就這麼發生了」，我媽媽是這麼說的。很糟的答案，再糟不過。杜頓老師說如果發生了沒有人可以解釋的事，表示你已經面臨人類知識的極限，也就是需要科學的時候。科學是尋找其他人無法給予的解釋的過程。

我敢打賭你甚至沒看過杜頓老師。

「有時候事情就這麼發生了」不是解釋，而且和科學連一點邊都沾不上。但是好幾個星期過去，我只得到這個答案。

直到我站在地下層的展間，望著玻璃另一側的水母。

隱形

在觸摸池展間裡，七年級的同學互相潑起水來，樓下的水母展間卻幾乎空無一人。下面這裡很安靜，讓人鬆了一口氣。

整個展間裡擺滿住了水母的水槽，我看著那些觸手比頭髮還細的水母，心想一定是因為海生館在水槽裡打光，我看到的水母才會不斷變化顏色。我看向旁邊另一個水槽，裡面的水母觸手在水中徐徐飄動，彷彿少女漂浮在水中時散開的綹綹細髮。還有一個水槽裡的水母，觸手又粗又直就像鐵桿，看起來好像把自己關在監獄裡。甚至有一個水槽裡全是新生的水母寶寶，看起來好像一朵朵纖細的小白花。

牠們全都如此奇異——幾乎像是外星生物。不過是優雅、沉靜的外星生物，就像外太空來的芭蕾舞者，舞動的時候不需要任何音樂。

在展間角落有一塊牌子，上面寫著：「看不見的謎」。我知道什麼是「謎」——我媽常如此形容我，尤其是在我拿炒蛋去沾葡萄果醬，或是故意穿不成對的襪子的時候。「謎」的意思是「神祕」，我很喜歡神祕的事物，於是走過去看牌子上寫了什麼。上頭有一張照片，拍的是兩根手指頭捏住一個很小的罐子，浮在罐子裡的東西幾乎無法辨識：是一隻透明水母，大約只有一片指甲的大小。

牌子上的文字說明罐子裡裝了「伊魯坎吉水母」，牠的毒液是世界上最危險的毒素之一，甚至有些人說比塔蘭托毒蛛的毒液還要強烈一千倍。

遭伊魯坎吉水母螫傷會引起嚴重頭疼、身體多個部位劇痛、嘔吐、出汗、焦慮、心跳過快、腦出血及肺積水。患者被螫中毒之後，會自稱感覺到大限將至，有些患者由於感受到強烈的瀕死感，甚至會哀求醫生殺了他們，讓他們「一了百了」。

唔，聽起來真的很要命。我繼續往下讀：

目前確實有數起因伊魯坎吉症候群致死的病例紀錄，但還無法確知是否有其他因伊魯坎吉症候群致死但遭誤判的病例。科學家仍持續深入研究伊魯坎吉水母的毒液，並試圖了解遭此種水母螫傷後引起的症狀是否比目前所知的更為嚴重。

伊魯坎吉水母大量分布於澳洲近海，而疑似遭伊魯坎吉水母螫傷案例的分布地點最北到不列顛群島海域，夏威夷、佛羅里達州及日本亦曾有類似案例。因此很多研究人員相信，伊魯坎吉水母至今已遷移至距離原生地澳洲相當遠的海域。由於海水暖化，伊魯坎吉水母有可能和其他水母一樣，將持續遷徙至更遙遠的水域。

讀完這段文字之後，我再讀了一遍。

然後我又讀了第三遍。

我看著照片，看著那隻透明的小生物。在水裡絕對不會有人看到這東西，牠會完全隱形。

我又回頭看那些說明，直盯著那些文字看了好久。

數起因伊魯坎吉症候群致死的病例紀錄……

遷徙至更遙遠的水域……

我的腦中響起一陣嗡嗡聲，我覺得頭有點暈。整個世界好像忽然一空，只剩下我、那些文字，跟環繞在我周圍無聲搏動的生物。

因伊魯坎吉症候群致死但遭誤判……

我盯著那些文字看了太久，它們開始變得好陌生，好像是用完全不同的語言寫成的。

等我終於呼出一口氣，才意識到自己剛剛連大氣都不敢出。

這時又傳來同學們嘰嘰喳喳的談話聲，我匆忙回到樓梯間，回到樓上和同學分開的觸摸池展間。

沒想到樓上的情景完全不同。原本的工作人員是個留鬍子的，現在卻換成一位紮馬尾的金髮女士，她正對著麥克風講出同樣的話：「兩手攤平，保持不動。」我那些穿著紮染T恤的同學也不見了，展間裡現在擠滿穿著卡其格紋制服的孩子，他們全都跟我不同校。

我在想班上同學是不是沒有等我，就先回尤金菲爾德紀念中學了。

踏出海生館主館，我向四周張望。沒多久就瞥見紮染T恤的蹤影，他們在住了海洋生物的巨大水槽前排成一條人龍，彷彿一班花紋斑駁、色彩亮麗的魚群。

他們甚至連水母展間都懶得參觀。他們對伊魯坎吉一無所知，甚至從來不會想到。

我忽然領悟：沒有人會想到。沒有人，只有我。

如何成為朋友

我第一次看到妳的時候，妳穿著淺藍色的泳裝。是夏日天空的藍，上面滿是繁星般的閃閃亮點，看起來好像白天和夜晚同時出現。

我那時五歲，很快就要上幼稚園。我們在室內的大泳池旁邊，四周很嘈雜，到處都是回音。媽媽們坐在我們後面的露天看臺，她們帶我們來上的課叫做「孔雀魚游啊游」，讓我們學著潛水、閉氣跟踢水。

老師吹響哨子，逐一喊同學的名字。被點到的同學就要攀著浮板踢水，讓老師拉著在泳池的淺水區繞圈。但是她喊到妳的名字的時候，妳不願意跳下水；等她喊到我的名字，我也不願意。

妳的頭髮在陽光下看起來像稻草。我喜歡妳的雀斑，它們分布在妳皮膚上的樣子好像星座。

最後只有妳和我坐在泳池旁邊，吹哨子的老師朝我們走來。她說：「女孩們，抱歉，要和其他同學一起上課囉。」

我正準備要搖頭拒絕的時候，妳轉過來直視我的雙眼，我看見妳粉紅色的雙唇綻開，露出一抹微笑。然後妳深吸一口氣，彎身下水。老師遞給妳一塊浮板，但是妳沒拿。

妳反而直接潛入水裡，妳的眼睛、頭髮、全身都沒入水裡。然後妳游起泳來，一口氣游到其他同學抓著浮板打水的地方，從頭到尾都不用浮出水面換氣。

我學妳，也下到泳池裡，不是因為老師叫我這麼做，而是因為我想要跟妳一樣會游泳。因為我喜歡妳的雀斑、稻草般的金髮，和妳對我露出的笑容，因為在那一刻，成為朋友、跟朋友在一起，似乎是世界上最簡單的事。

水母螫傷案例數：一億五千萬

下午海生館校外教學結束後，我回到家，看到媽媽的車子旁冒出哥哥的吉普車車頭，覺得好驚喜。在亞倫的吉普車旁邊，亞倫的男朋友羅科盤腿坐在車道上。

搭公車回家的路上，我一直在想水母。其中一個水槽旁的標示牌說，每年有一億五千萬起水母螫傷人的案例，所以在坐車回學校的路上，當同學在喧譁中放音樂、互丟寫了訊息的紙團，還鬧到讓沿路的卡車司機想按喇叭，我在自然科筆記本背面計算了一下。

每年一億五千萬案例，等於每天幾乎有四十一萬一千起，也就是每小時有十七萬人遭到水母螫傷。

表示每過一秒，就有四到五人被水母螫。

我閉上眼睛數到五。在我數完的同時，世界上差不多有二十三人被水母螫傷。

我再數了一次。一、二、三、四、五。又有另外二十三人被咬。

我數了又數。數了太多次，到後來默數和水母螫人似乎變成同一件事——好像我不是在估算螫傷次數，而是以某種方式讓人被水母螫。就算我知道這不可能是真的，還是有某部分的我幾乎信以為真：就好像，如果我能停止默數，也許我就能讓水母不再傷害任何人。

但是我沒辦法停下不數到五，就像是我的大腦裡有一部分，堅持不聽大腦裡另一部分的指令。

本來垂眼望著柏油路的羅科抬起頭瞇眼看我：「哦，哈囉，小蘇希。」他說：「天氣很好，是吧？」

我沒回答。他一定早知道我不會答話。

他朝天空揮揮手。「我若是一隻鳥，」他說：「我將飛遍各地尋覓連續的秋季……」

他看起來幾乎完全不像在和跟我講話。我喜歡這樣的對話，好像看到了別人的私密念頭，好像我同時既在這裡，也不在這裡。

「喬治·艾略特[1]。」他補了一句，我點點頭，好像我也認識這人似的。羅科是研究生，他在亞倫教女子足球的那間大學裡唸英國文學，講話總是引經據典。

1 譯注：英國維多利亞時期的女性作家，刻意以男性筆名出版作品，避免世俗對女性無能的刻板印象。作品多以鄉村為背景，藉由寫實筆法，描繪角色的心理狀態。

如果我還是會講話的那種人，我可能會跟羅科說：從一數到五。等他數到五，我會告訴他有二十三人被螫的事。

接著我會要他再數一次，然後我會說：四十六起螫傷案例。

然後再來一遍。六十九起。

羅科的話打斷我的思緒。「我和亞倫繞過來一下，想看看能不能說服妳和妳媽媽一起去看電影。」他說：「但是她說幫妳約了要看醫生還什麼的。」

你可以和他講講話的醫生。噢。

他咧嘴笑了。「妳媽當然絕不會放過分享她那些『寶物』的機會，她正在幫亞倫補貨。」他特別強調「寶物」兩個字，害我忍不住嘴角上揚。我媽喜歡逛二手商店，她稱之為尋寶，但是我始終想不通，別人不要的起司鍋組或是有缺角的花盆到底為什麼是「寶物」。我媽就是沒辦法抗拒她覺得很划算的東西，我們家塞滿了裝著古怪玩意的箱盒，像是裝滿鈕釦的罐子（她不縫衣服）、瑪芬烤模（她不做糕點），和用紙膠帶捆住的棒針（她也不織毛衣）。

羅科拍拍身旁的柏油路面：「請坐。」受到邀請真好，不過我需要繼續思考水母螫人的事。我搖搖頭，輕輕揮了一下手道別。羅科向我致意，然後閉上眼睛，抬頭面向陽光。

我朝屋裡走去，邊走邊用最快的速度累加次數。

一百一十五起。

一百三十八。

一百六十一。

進到屋裡，亞倫站在前門邊，懷裡的紙箱已經堆滿了廚房用品：有畫滿公雞圖案的黃色金屬大淺盤、打蛋器，和一臺看起來老舊不堪的鬆餅機，機器上還看得到標著美金三塊九十七分的價格標籤。

「哎呀，看看誰來了。」亞倫對我露齒微笑。我哥哥，渾身肌肉、晒得一身古銅色，隨時會露出親切笑容。亞倫人實在太好，有時候幾乎感覺不像真人。

媽媽從廚房探出頭來。「蘇。」她招呼著，然後對我眨眨眼。媽一直喊我「蘇」，那是她對蘇希的簡稱，這樣喊很好笑，因為蘇希這個名字本身就是蘇珊娜的暱稱。幾年前，我一度試著讓她只叫我最最簡短的暱稱「Z」，但是她一直沒叫習慣。「我們再十五分鐘就要出發去找醫生囉，妳爸爸會在那裡和我們碰頭。」

媽媽還是穿著工作時的成套褲裝，她的工作是帶客戶到處看房子。不過她換了鞋子，還有她原先梳成髮髻的一頭蓬髮也放下來了——我的爆炸頭就是遺傳她的。

她在亞倫懷中堆滿東西的箱子最上方又放了幾把沙拉夾。

「媽。」亞倫說：「我們真的不缺東西了。」

「等一下。」她說：「我還有一塊砧板想給你。」她蹲在廚房地板上，打開一個櫥櫃東翻西找。

「媽，羅科在等我。」亞倫說。他望向我，轉了轉眼珠。我舉起一根手指在耳朵旁轉了轉，意思是「瘋瘋有洞」。

「嗨。」他又開口，這次是對我說話，同時媽正在廚房裡的鍋碗瓢盆堆中翻找，傳出噹啷的聲響。「學校生活都好嗎？」

我聳了聳肩。

艾倫盯著我看。「蘇希，中學無聊死了。」他說：「妳也很清楚吧？」

我低頭看著地板。

「不，是真的，蘇希。我七年級的時候，腦子裡想的全是要怎麼逃離那鬼地方，即便我沒有失去最好的朋——」他很快住嘴，然後搖搖頭。「我只是要說，日子不會一直是這樣。」

他看我一聲不吭，又補充一句：「我向妳保證。」

就這樣，我感覺喉頭開始有點哽咽。

媽這時輕盈的步出廚房，手裡拿著一塊有裂痕的小豬造型木製砧板。「找到了！你們一定需要砧板。大家都需要好用的砧板。」

她將砧板放在箱子的最上面，亞倫笑出聲來。「嗯哼。」他說，邊皺眉看著那塊小豬造型的板子，「不過也許不需要這塊……」

媽輕拍了一下他的手臂。「對你老媽好一點。」

「好啊，那我老媽可以放我去看電影了嗎？」

「當然好啊。」她說完又嘆了口氣，「我會留一些廚房用具，等下次再給你。」

我朝自己的房間走去，哥哥在走廊另一頭喊著：「下次見啦，蘇希！」

我在書桌坐下，打開筆記本，開始重新計數。

一……二……三……四……

透過窗戶，可以看到亞倫走向羅科。

二十三起。

每一天的每分鐘裡的每一秒，都有人被水母刺到。

羅科站起身，接過亞倫手上的紙箱，並搬到車上去放。

四十六起。

日復一日，週復一週，月復一月，年復一年，水母不斷在螫人。
羅科將箱子放在後座。
六十九起。
他拿起小豬砧板，看著亞倫。亞倫聳聳肩，好像在告訴羅科：我媽要送你的。
九十二。
然後他們上車並關上門。透過擋風玻璃，我看到羅科伸手弄亂亞倫的頭髮，他們看起來好像在大笑。兩人朝彼此靠近互吻了一下，然後亞倫才倒車離開車道。他們走了，去看電影，回去過著不曾因說錯話而毀了一切的生活。
看到他們那麼容易就能開心，讓我心中五味雜陳。彷彿我記得開心的感覺，但同時又記不起來，當下全混在一起。
但最重要的是，我知道自己沒資格開心。
我再也沒資格開心起來。

第二部

假設

假設是暫定的解釋，是對於你的研究要探討的問題所提出的可能解答。要把假設當成是最有憑有據的推測。

——杜頓老師

最有憑有據的推測

亞倫和羅科離開之後，我打開筆記本寫了起來：

—地球上共有七十億人。
—每年有一億五千萬起遭水母螫傷的案例。
—七十億除以一億五千萬約等於46.6。
—表示平均每46.6個人會有一人遭水母螫傷。
—當然，不會有0.6個人，所以我的意思是每46或47個人裡，會有一人遭水母螫傷。
—我在現實生活中認識的人遠超過這個數字。
—也就是說在我認識的人裡，很可能至少有一人曾遭水母螫傷。
—從來沒有人跟我說自己被水母螫傷過。
—所以，我認識的這個被水母螫傷的人很可能並未告訴我這件事。

—也許她不告訴我，是因為她沒辦法。
—也許她沒辦法告訴我，是因為她死了。
—也許她的死因，就是被水母螫傷。

我放下筆，靜靜的坐了好一會兒。我聽見媽媽在樓下喊我的名字，但我忙著思考，沒空回答。

也許媽錯了。也許事情不會像她試著告訴我的「就這麼發生」。也許實際上事情並不像大家接受的那樣隨機發生。

我和芙蘭妮鬧翻了，還是以最糟糕的方式。如果我早知道，我會為了發生的事情向她道歉，至少可以向她道別。可是人不一定總是知道全新的開始和永遠的結束之間的差異。現在不管想怎麼彌補，都為時已晚。

可是，也許我還是可以做些什麼。也許我可以證明，在芙蘭妮的故事裡有一個真正的惡棍。比我還可惡的惡棍。

我再次拿起筆，寫下這一句：

假設：「最糟糕的事」是伊魯坎吉水母螫人造成的。

就在這時候，門砰的打開了。媽媽站在門口，看起來非常生氣。

「蘇。」她說。她的聲音拔高：「出門。」

我闔上筆記本。就這樣，我們出門去看那個「你可以和他講講話的醫生」，雖然認識我的人都應該清楚，我什麼話都不會跟他講。

第三部

背景知識

背景知識為你的科學探索提供了脈絡：我們已經知道什麼？我們還不知道什麼？研究的重要性為何？

——杜頓老師

遠古生命

我可以跟你說很多水母的事。我想告訴你的第一件事：牠們比恐龍還老，比昆蟲還老，比樹木、花卉、蕨類、菌類或種子還老，牠們在地球上已經活了至少六億年，很可能比你曾經親眼看過，或在腦中想像過的任何生物都還要老。

自從水母登上地球的舞臺之後，曾經發生過五次物種大滅絕[2]。其中一次大滅絕也稱為「大滅亡」[3]，造成地球上九成的物種死亡。想像一下，你走進動物園，卻發現幾乎所有動物都消失了。也許幾乎所有籠子都空了，只剩下幾隻鳥、一兩隻齧齒類動物、幾種貝類和蝸牛。其他動物全都「呼」的一聲消失無蹤，牠們原先住的籠子裡從此一片荒涼。

然而會造成物種消失的不只是大滅絕，曾經存在於世上的所有物種幾乎都已永遠絕跡了。

重點來了：不管是大滅亡，還是大滅絕，全都影響不了水母。

如果你能在我們身處的時代——有孔雀、長頸鹿、帝王蝶，還有熱中於將彼此推進置物櫃裡的人類的年代——和大部分人相信是生命起源的時間點之間，架起一道橋梁，那道橋梁將會是水母。

水母劃分出「從前」的世界和「現在」的世界。

我們可以這麼計算：如果將水母出現後的時光壓縮成地球的八十年壽命，差不多三十億次心跳，那麼人類是等到最後十天才現身，也就是剩下最後一百萬次心跳的時候。但水母一直都在——從生命形成開始，經歷嬰兒期、蹣跚學步的幼兒期和童年時期。而我們人類出現以後，卻只來得及見證臨終前的苟延殘喘。

如果他們說的是真的，如果第六次大滅絕[4]確實是現在進行式，如果我們所處的世界正以我們難以想像的方式邁向死亡，那麼也許我們的末日也即將到來，還有我們所知的一切也

2 譯注：在相對短暫的地質時段中，生物種類和數量大範圍的急遽消失。肇因可能是氣候變遷、星體撞擊地球、火山活動等。每一次的大滅絕，地球都需耗費數百萬年，才能恢復豐富的生物多樣性。

3 譯注：是指二疊紀—三疊紀滅絕事件。

4 譯注：科學家發現現今脊椎動物的滅絕速度比過往快上百倍，致使生物多樣性正以極端的速度下降，可能引發第六次的物種大滅絕。

即將終結。

這樣的想法讓人毛骨悚然。

但要認清最重要的事：從遠古開始，早在任何一次大滅絕之前，從生命源起到當下這一分鐘，水母都在，在海洋中一縮一放的來回游動。

水母是生還者。過去曾有許多生物，也發生過許多大事，但只有牠們活下來。

如何維繫友情

當時是夏季，我們在外頭。妳媽媽准許我們比平常晚睡——她說，是比七歲小孩應該上床睡覺的時間晚一點。我們那天晚上待在我家，是好朋友家過夜計畫的地點——這是妳第一次在自己家以外的地方過夜。可是晚餐過後，妳改變主意，還哭了起來，我媽只好打電話給妳媽媽，讓她過來接走我們兩個。

於是我們改成在妳家過夜。

我們繞著圈圈跑啊跑的，天色漸暗，空中開始有黑影咻咻盤旋。我很確定是蝙蝠，也這麼跟妳說。妳尖叫起來。我們跑得更快了。

我知道一些關於蝙蝠的事，知道牠們是唯一會飛的哺乳類，因為我曾經在書上讀過。

我現在很會看書了，有時候我會告訴妳我在書上讀到什麼，妳會要我多告訴妳一點。就像某次我告訴妳兔子的牙齒會不停的長，妳就要我說出所有我知道關於兔子的事，像是牠們沒辦法嘔吐、會吃自己的排泄物，還有世界上最長的兔耳朵是三十一英寸。

我爸媽用四個字來形容我會做的事——「講個不停」，還把這四個字當成慣用語——他們跟我解釋說讓其他人講話也很重要。我媽總說，要問別人問題，如果只有妳講個不停，就不是在對話。我試著記住這一點，要問別人問題。

但是妳喜歡聽我講好多事情，妳不需要我問妳問題。妳從不曾說我「講個不停」。我們將手臂像翅膀一樣張開。當我們跌落在草叢裡，氣喘吁吁的大笑起來，整個世界轉得讓我們頭暈眼花。

妳家的狗瘋福在旁邊，牠還是幼犬，活像一小團白色毛球。我們跑的時候，牠邊高聲吠叫邊搖尾巴；嚴格來說是搖尾根，因為尾巴在牠剛出生時就被人剪短了。瘋福脖子上繫著的狗鍊套在插入地面的一根木棍上，其實瘋福只要一拉就可以將木棍拔離地面，跑過來追我們，但牠並沒有這麼做。牠以為自己被牢牢困住了，其實不然。

妳知道嗎？雖然我們沒有照計畫待在我家，但我一點都不在意。雖然我們快升二年級了，妳晚上喝水還是要用鴨嘴訓練杯，我也不在意。妳有時候會因為想念妳甚至記不起來的爸爸而哭泣，我不在意。妳每次寫N都寫反，有時候會把nap倒過來唸成pan，所以今年得去上暑期班，我不在意。妳在課堂上被點到要站起來朗讀的時候，臉頰、脖子和耳朵全都紅通通的，妳有時候絞盡腦汁也想不出半個編故事的點子，我都不在意，我想的點子夠我們兩個人用了。

我也不在意學年結束的時候，一個叫奧布芮的女孩用所有人都聽得見的音量說：「芙蘭妮．傑克森臉蛋不漂亮，腦袋又不靈光。」

她說這句話的時候，我看到妳的表情。我看見妳的雙頰一陣紅一陣白，看見妳盯著地面拚命忍住淚水。可是妳做不到，還是哭了起來，哭了近乎整節下課。直到我悄悄跟妳說操場其實是古埃及，鞦韆架和溜滑梯之間的空間是尼羅河，如果我們用夠快的速度跑過那個空間，也許就能避開河裡的鱷魚。妳被我的話逗得露出笑容，雖然妳的鼻孔裡還流著鼻涕，不用多久，我們又一起像平常一樣邊跑邊笑。

所以我不在意其他任何女生，就像我也不在意老師在我的一年級期末評量卡上寫著：也許我和妳應該試著多和其他人交朋友，也許「擴展交友範圍」會對我的「社交能力」有所助益。誰知道這些字眼究竟是什麼意思。

老師不懂。她不懂我們只要做原本的自己，就能提供彼此需要的全部。就像現在：我們踩在草坪上開懷大笑，瘋福狂搖尾根，世界在旋轉，而頭上的天色逐漸變暗。

長腿醫生

在「第一街校舍」的停車場，我和媽媽坐在車裡。診所登記的地址其實是加里斯街，而且根本不是學校，只是幾間辦公室，其中一間剛好屬於兒童心理學家萊格勒醫師。

我透過擋風玻璃，看見爸爸正在等我們下車。

「蘇。」媽說：「我們已經遲到了，拜託別再耽誤時間。」

我將雙手交叉抱胸，除此之後，依然坐著一動也不動。

「蘇，聽我說，我們的確帶妳來看醫生，但不表示我們覺得妳有什麼問題。」

你們覺得我瘋瘋有洞，所以我們會在這裡。

媽媽好像聽得見我心裡的話似的，她又補充：「蘇，我知道妳很傷心，但是我也確定一切都會好起來的。只是妳爸跟我——」

她嘆了口氣，看向窗外的爸爸並朝他舉起食指，好像要說「再等一下」。他點點頭，然後揮揮手。

「我們只想確定，我們真的盡了一切努力來幫妳。」她再次嘆氣，「除了多給妳一點時間，這是我們唯一能夠想到的辦法。」

她看我一言不發，又說了：「蘇，我知道妳不想來這裡，可是我無論如何還是得請妳下車。」

我皺起眉頭，但是伸手打開車門。

「嘿，小鬼。」爸爸跟我打招呼。「妳好嗎？」他的聲音很開朗，就好像我們不是為了我腦子裡那些裂縫和瑕疵才在停車場碰面，好像他不曾一直打電話給媽媽討論我不講話的事。媽總是假裝她接電話是談工作的事，但是我可以聽到她說的話：「小詹，我不知道……不，我真的完全想不通為什麼……我發誓……是，我在試了，我當然跟她說過。」

爸爸伸出手臂環住我，將我拉近輕抱了一下，彷彿預期我會隨口回答：很好，爸，我過得好極了。

我們走進門，上樓到三〇七室，門上掛著萊格勒醫生的名牌。

「你可以和他講講話的醫生」和我預期的不太一樣。首先，萊格勒醫生是女的，第二，她有一頭墨黑色直髮，像吸血鬼一樣。她短裙下的雙腿又長又細，裹著黑色蕾絲褲襪。老實說，我覺得看起來不怎麼專業。

長腿醫生，我想。我皺起眉。

她帶我們走進鋪了厚地毯、擺著皮面座椅的辦公室，以手勢請我們坐下。

我坐下的時候，椅子發出咯吱聲。

長腿醫生直接望著我。「蘇珊娜，妳爸媽打電話找我，因為他們很擔心妳。」

我別過頭看向窗外，即便我看見的也只是另一扇嵌在磚牆裡、拉上百葉窗的窗戶。

「他們告訴我，妳這幾天很安靜。是這樣嗎？」

我再次將雙臂交叉抱胸，眼光還是落在那扇窗戶上。如果她已經知道這點，她究竟憑什麼以為我會回答她的問題？就這件事來看，她為什麼要問一個她明明早就知道答案的問題？

「他們還說妳在失去朋友不久之後就不再講話了，是這樣嗎？」

我們不是朋友，我想。無論如何，至少在出事的時候不是。

「嗯，我希望妳能明白。」她繼續說，就好像我回答了她的問題，「每個人哀悼的方式都不一樣。為失去所愛的人哀悼，沒有所謂對的方式或錯的方式。」

我看向她的書架，上面擺滿書，像是《正念及奇蹟》、《不再是受害者》、《戰勝憂鬱症一次上手》和《來向尿床說再見》。

長腿醫生說話的時候，我在腦中將書名的字詞重新洗牌。

《來不及說再見》。
《憂鬱症一次上手》。
《尿床奇蹟受害者》。
「梅格，」長腿醫生轉向我媽，「妳覺得蘇珊娜拒絕講話對妳造成了什麼影響？」
我媽掉眼淚有時候是因為難過，有時候是因為開心，也有時候是她所謂的為愛而哭，但是我不是每次都分得出其中的差異。我看到她眼眶泛紅，我想：這次大概是因為難過。
「蘇希看起來……好不快樂。」媽說。她的聲音聽起來太平靜、太沉重了，我不想要她這樣。
要我媽講會害她哭的事似乎很惡劣，老實說，我不太欣賞長腿醫生的作風。等媽解釋完她真的只是想要我對她敞開心房，長腿醫生轉向我爸。
「告訴我，詹姆斯。」她說：「你和蘇珊娜多久見面一次？」
「每星期一次。」他說：「每個星期六晚上。」
「從來不失約，每次都到嗎？」
「每次都到。」
是真的。爸爸每週六都會帶我去明宮，是二十四號公路上一家夾在「美體星球」健身中心，和「價格下殺」超市之間的中國餐館，他從不失約。爸爸搬出去時和我約定好的：無論他那一週有幾天要出差，每週六晚上六點一定準時出現。

「你的看法和梅格一樣嗎？」長腿醫生問：「你覺得蘇珊娜不快樂嗎？」

「妳覺得呢？」爸爸反問。他皺起眉頭，深吸一口氣。「很抱歉，我的意思是……她當然不快樂。所以我們才會在這裡。」

爸爸看向地板。他再次開口的時候，聽起來很平靜。「如果我們還是住在一起，也許我會比較知道怎麼處理蘇珊娜不講話的事。」他說：「但是我們不住在同一間屋子，晚上我沒辦法跟她說晚安，當她早上準備好去上學的時候，我不在，她寫功課的時候，我也不在。我的工作需要在外頭奔波，我整個星期都盼望週末快點來。但是現在——現在她甚至連話都不跟我講，我好像什麼回應都得不到，她整個人就像……消失了。」

有時候，當我不喜歡眼前發生的事，我會在腦中列清單。我當下就決定，要列出我印象中在網路上看過最有趣的畫面。

我曾看過兩個金髮女孩的圖片，她們邊笑邊朝彼此扮鬼臉，看起來很親切、很平常，只是她們倆的脖子長在同一個身體上。

我曾看過一個男人的照片，他動手術將很像惡魔的角移植在自己頭上，而且臉上滿是刺青。看了實在讓人不怎麼舒服。

我曾看過一隻餓死的北極熊。牠要有浮冰才能覓食，可是冰都融化了，牠瘦到只剩皮包骨。躺在綠草地上的牠，就像凹凸不平的白毛毯，舉起的一隻掌爪像在敬禮。

我討厭看到這種景象。

「蘇珊娜。」長腿醫生在說話：「我要請妳試著信任我。在這裡妳想說什麼都可以，任何事都可以說，我不會去評斷對錯。」

我點點頭，因為看起來像是當下情境需要的回應。但是那時候我已經不再聽他們說話，我真正想做的是回到電腦前面，盡全力搜尋所有關於水母的資料。我甚至不確定要怎麼開始驗證我已經提出的假設，但我知道已經沒有時間可以浪費了。

不知道長腿醫生本來在說什麼，她最後以這句話作結：「這就是為什麼我們有時候需要專業人士的幫忙。」

我抬起頭。我不確定她剛剛到底說了什麼，但是「專業人士」這個字眼似乎很重要。

「你們也知道，專業人士受的訓練就是要辨認出行為模式。」她繼續說：「認出好的模式，還有一個人可能想改變的模式。專業人士受過訓練，可以幫助人們，弄清楚他們努力想靠自己理解的一些事情。」

就在這時候，我靈光一閃。

「我的意思是，」長腿醫生繼續說：「我們不能期待十二歲的孩子可以自己解決所有問題，對吧？」

她的話完全正確，我確實需要一名專業人士。當然不是為了我不講話的事，而是要幫我驗證假設。

世界上一定有研究水母的專家——他們肯定熟悉水母的遷徙模式、螫咬造成的傷害，或是其他靠我自己根本沒辦法想到的事。

水母學家，我想到了，我需要一名水母學家。

我要去找幾名水母學家，其中一定有人可以幫我證明我需要證明的事：芙蘭妮是被水母螫傷中毒才死的。

或許有某部分的我當下質疑這個使命，或許有某部分的我覺得這個念頭實在太瘋狂了——滿是裂縫和瑕疵。但我當下就將懷疑拋到腦後。

重點是，人能真正彌補和挽回的機會根本微乎其微，當機會出現的時候，就不能想太多，一定要抓住，使盡全力緊緊攀住，不管這樣讓你看起來有多麼瘋瘋有洞。

＊

我們走出來，到了停車場，爸爸抱了我一下。「星期六見。」他說。他從醫生辦公室裡拿了一本小冊：《兒童與哀悼：幼小心靈中的重大事件》。

他說：「同樣時間，老地方見。」然後親了一下我的額頭，回到他的車上。我和媽媽也坐進她的車裡，大家都駛離第一街校舍。

暫別而已。

老套蠢話

自從某次在明宮吃飯，我便決定不再講話。那時候七年級才開學沒幾天，芙蘭妮的喪禮不過是幾天前的事。那晚我到餐館的時候，爸爸在外面，歪頭用肩膀夾著手機。「嗯哼。」他說，他朝我舉起一根手指，好像在說：我再一下就好。

爸爸的工作很難懂，好像跟電腦和很多大學有關，他出差到各地去做所謂的系統檢測，聽起來滿無聊的。

「對，我之前就是這麼說的。」他對著手機說：「沒錯，似乎和那臺伺服器是分開來的……對，他們全部的資料都放在上面。」

爸爸對我微笑，轉了轉眼珠，好像在說：這些人啊。也不管另一頭和他通話的是誰。我也朝他微笑，轉了轉眼珠，是要告訴他：是啊，我完全懂你的意思。

其實我完全不知道他在和誰講話。

爸爸終於掛斷電話，他伸手環住我的肩膀，將我拉近很快抱了一下。「抱歉啦，小鬼。

危機暫時解除。」

我跟在他後面走進餐館，在每次來都會選的粉紅色塑膠皮沙發坐下。女服務生走了過來：「這次也點一樣的嗎？」她問。經過一年多的週六晚餐約會，她對我們父女會點的菜色已經倒背如流：餛飩湯（我）、酸辣湯（爸）、蜜汁雞肉飯（我）、木須豬肉（爸）、不含酒精的雪莉鄧波兒雞尾酒（我）和滾石啤酒（爸）。

我點點頭，爸也點頭。然後他轉向我：「所以妳覺得剛開學的這幾天怎麼樣？」

我已經十二歲，剛開始中學生活的第二年。我知道大人的一些事，其中一件就是：大人跟其他人一樣——他們其實不想聽你的真心話。

有一次，爸爸問我在想什麼，我告訴他我在想太平洋上的垃圾渦流，那是一片被水流匯聚在太平洋海面中央的塑膠垃圾大雜燴。我告訴他，有些人認為垃圾渦流的面積是德州的兩倍大，裡面全是被人們丟進海裡的塑膠製品。塑膠不僅會扼殺珊瑚礁，在海浪沖刷之下裂成的小片塑膠，也會讓成年海鳥誤以為是食物。結果，親鳥雖然盡責餵養幼鳥，幼鳥卻仍然餓死。

爸爸那時聽完我的話之後嘆了口氣，我想他比較希望我跟他講體育課在上什麼。

爸爸的問題懸在半空中。我覺得剛開學的幾天怎麼樣？

我懷疑他想要的，就是跟所有人似乎都想要的一樣：閒聊一下。可是我不懂閒聊一下的意思，我甚至不懂為什麼要叫「閒聊一下」，閒聊明明不是一下子就結束。

最重要的是，我不懂為什麼大家認為閒聊一下比不講話更有禮貌。就像是觀眾看完表演之後鼓掌，你聽過有人在看完表演之後不鼓掌的嗎？觀眾每次都會鼓掌，不管剛剛的表演好不好看，他們甚至在尤金菲爾德樂團的年度音樂會結束時也鼓掌，要做到這樣還真不容易。所以不鼓掌不是比較輕鬆又省時省力嗎？因為鼓掌和不鼓掌的意義都一樣，就是沒有意義。

到頭來，不講話的意思和閒聊一下也相去不遠：沒有意義。而且我敢打賭，所謂閒聊一下，肯定比沉默不語更容易讓人反目絕交。

過了一會兒，爸爸再次嘗試。「有誰是妳特別喜歡的嗎？老師？新同學？」

我思索著，最主要的問題是有一大堆同學都是前幾年就認識的，像是討人厭的狄倫・帕克，和邋遢兼闖禍大王賈斯汀・馬隆尼，新來的女生莎拉・強斯頓看起來還不錯，我也很確定自己喜歡七年級的自然科杜頓老師。開學第一天我們走進教室，就看到她戴著愛因斯坦髮型的假髮，試著解釋時間過得快或慢，是取決於你行進的速度。我喜歡她這樣的教法，讓我們感受到自己所處的世界，就算是每天都會看到的平凡事物，也是很神奇的。她告訴過我們，一個人身體裡的血管總長度達六萬英里，足以繞地球兩圈半。她也告訴我們，螞蟻一天只睡八分鐘，但是蝸牛可以一睡就睡三年。她也說過我們每個人的身體裡，都有至少兩百億個曾經屬於莎士比亞的原子。她強調，是兩百億個，還給我們看一些用來證明的複雜算式。

我試著感受這些原子，試著感覺身體裡是否有什麼，可能激發我忽然想出「存在或不存在」，或「你為什麼是羅密歐」之類的名言，但是沒有成功。於是我領悟了，就算所有人身體裡都有莎士比亞的原子，我們很可能也有曾是希特勒的原子，而他很可能是古往今來最可惡的一個人，我真的不想再想下去。

我很喜歡杜頓老師的課要寫研究報告，而且什麼主題都可以，只要跟科學有關就行了。杜頓老師解釋，之前的學生研究過殺人鯨、糖尿病、太空食物、黑死病、迅猛龍、太陽風暴和生態恐怖主義。她說重點是要學習如何做研究，找出更多我們想知道的資訊。「這就是科學。」她解釋：「科學是學習其他人對於這個世界的種種發現，然後當你碰到一個沒有人回答過的問題，就換你想辦法找出你需要的答案。」

我本來可以告訴爸爸這些事的，但是我沒有。我反而聽著周圍的聲響——飲料機裡冰塊攪動的喀啦聲、收銀臺的叮咚聲、人們的喁喁低語聲，和附近幾桌偶爾爆發的大笑聲。我喜歡這些聲音，比任何老套蠢話都好聽。

一點意義都沒有的老套蠢話。

不只是一下子就結束的老套蠢話。

有時候會讓人永遠失去朋友的老套蠢話。

「怎麼，今天晚上都不跟我講話了嗎？」爸笑了，好像剛剛說的是笑話。

我就是在這時候想到，要是我再也不跟別人閒聊一下呢？這似乎是個好主意：要嘛說重要的話，要嘛別說話。

爸爸一臉不悅。「好吧，蘇希。」他說，聽起來很惱怒，「等妳準備好要跟我對話的時候，再告訴我。」

可是我已經決定了：我再也不會跟任何人對話。當天晚上不會，也許從此以後都不會。

自從那次晚餐之後，四個星期過去了，我不曾和任何人對話。

專家一號

從長腿醫生那邊回到家後，當晚我就開始做研究。事實上，我發現了一大票水母專家。我找到一個在羅德島的傢伙，他研究水母如何在水中移動；一位祖母輩的女士，她在西雅圖研究當地周圍的水母數量，還有一個人在華盛頓特區，他研究水母如何演化。我一一點進所有研究人員的網頁，看完之後逐一淘汰。其中一個不考慮，純粹因為他沒有列出電郵信箱或任何聯絡方式，另一個也不考慮，因為她寫的文章裡有很多字我不懂，像是生藥學、甲醇和伊紅。至於那位祖母輩的專家，她看起來像是老年版的我媽，而我不想去想像我媽變老的樣子。

然後我發現一個可能會很有趣的人選。

我抽出筆記本開始寫：

候選人：專家一號

杜卡爾·林賽，在日本

戴眼鏡、棕色頭髮。在一間會將遙控探測器送進深海的實驗室工作，他在海洋最深處發現一種前所未見的水母，牠的鐘狀身體裡有一塊會收縮起皺或膨脹的紅色部分，狀似可折疊的紙燈籠，所以被稱為紅燈籠水母。我喜歡這麼直白的名字。

他會將所見所聞寫成俳句，例如以下這首：

肥皂泡個個
一路向西達涅槃
所載皆是空

好吧，這和直白差得可遠了。

優點：

—看起來很親切。眼神柔和，不像壞人。

—曾有新發現，表示他知道世界上還有很多人們不曾發現的事物。

缺點：

—離我很遠。

—看起來不曾寫過關於伊魯坎吉水母或任何毒液的文章。

—可能會叫我讀他寫的詩。

結論：

—因為詩的關係，不予考慮。

微塵

杜頓老師每次上自然課之前，都會花幾分鐘告訴我們一些世界上發生的事。她覺得這些事可能會引起我們的興趣，也許還可以幫我們找到做報告的點子。

她笑著加了一句，也許就只是讓我們有更多想法。

在參觀完海生館後一天，我們走向杜頓老師上課的教室，看到黑板上留了一句引用的話：「懸浮在一束陽光中的一粒微塵。」

「坐下來，都坐下來。」杜頓老師在我們分別入座時說：「首先，如果有同學還沒選好報告題目，拜託，拜託，拜託你下課後來找我聊聊。這個時候，大家應該要開始做研究跟查資料了。」

她將雙手放在前排的一張課桌上，然後說：「我再重複一遍。」她直接看向我，那時我知道我很可能是全班最後一個訂題目的人。「是時候開始研究跟查資料了。」

我和她對看，眼睛眨也不眨。我終於知道我的研究主題會是什麼了。

「有任何問題嗎？」她問。

沒有人舉手。

「好，我們開始上課。我想先花幾分鐘的時間，帶大家穿越時空回到過去。」她說。「回到一九六八年的耶誕節，那時候你們的父母親大多甚至還沒出生。當時沒有網路，沒有電子郵件，也沒有簡訊、電動或手機，但是有太空船，而且非常新，看起來就像科幻小說裡的東西。」

她停頓了一下。全班靜靜坐著。

「在耶誕節到來的前幾天，阿波羅八號太空船離開地球，然後在耶誕夜的時候，太空人將這張圖片從外太空傳回地球。」

她在手裡的遙控器上按了一個鈕，一張照片出現在教室前方的螢幕上。我以前看過這張圖：地球升起到月球上方。地球看起來像一顆旋轉中的藍色大理石巨球，而半顆球體還籠罩在黑暗之中。

「我知道你們是看這張圖長大的。」她說：「但是我想要大家試著想像，第一次看到這張圖會有什麼樣的感受。假想你們是有史以來第一批從地球以外看到它全貌的人，而且是以全彩呈現。」

我盯著螢幕上的圖。地球看起來是活的，生機蓬勃，相對之下，月球就顯得灰暗荒蕪。杜頓老師又按了一下遙控器，圖消失了，取而代之的是另一張外太空的照片。這張圖幾近全黑，只有幾道淺褐色調的光束橫過。

「現在，」她說：「從不同的視角來看看。」

她指著幾道光束中間，一個隱約可見的小點。一些同學得拉長脖子、瞇起眼才能看見。

「這裡，就在這裡。這是我們。」她說：「是地球。」

賈斯汀靠得太前面，把他課桌上的書和資料夾都弄翻到地上，橫線筆記紙灑得滿地都是。

「這張照片，」杜頓老師解釋：「是比較近期，從距離地球約三十億英里遠的地方拍攝的。」

她的手指還留在小點上，她說：「同學們，這個就是你們的家。是你們生活的地方，是你們在太陽系裡的位置。你的一生——你這輩子會看到的所有人的一生——可能都在這個丁點大的地方度過，有名的天文學家卡爾．薩根[5]曾形容它是『懸浮在一束陽光中的一粒微塵』。」

我思索著杜頓老師的話。我在這裡，不過是七十億人裡的一個，而人類只是一千萬種生物中的一種，而這一千萬種生物又只是曾經存在的所有物種裡的一小部分而已，而我們不知怎麼的，全都生在螢幕上這粒褐色的微塵上。在我們的周圍，只有空無。無論哪個方向，都只有廣大無盡的死寂空無。

就在這時候，我開始有一點恐慌，覺得胃裡一陣翻攪。

一九六八年的地球照片看起來好太多了，在一九六八年的視角裡，我們是有意義的。真希望我們不曾航行得那麼遠，不曾試著從太陽系的外緣看我們自己；真希望我們不曾將自己看成宇宙中的微塵，周圍的空無太過浩瀚，讓我們幾乎看不見自己。

「精神糧食補充完畢。」朴頓老師說，她關掉螢幕，「現在回到正課。親愛的七年級同學，今天將是你們進實驗室操作的第一天。某方面來說，實驗室有一點像太空，是人類成為探險家的地方，科學家就是在實驗室裡擴展知識的界線。在大家的起步階段，我們要研究的是本地山谷裡的池塘水。」

我知道實驗室，也知道我們今年要研究細胞和生命系統，期中的時候還會解剖蚯蚓。

5 譯注：二十世紀著名的美國天文學家，在行星物理學、太空探測計畫等領域貢獻良多。終生致力向社會推廣科學，著有多部科普讀物。

「各位的第一個任務。」杜頓老師說：「就是找一個一起做實驗的伙伴。請用心挑選，因為接下來整年都要一起合作。注意，是兩人一組。」

狄倫抓了一個叫做凱文．歐康納的男生，他素有長得帥但脾氣不太好的名聲。有那麼一會兒，新來的女生莎拉似乎正朝我走來，她甚至直直望向我，而且我發誓她還微笑了一下，所以我心裡燃起一丁點的希望。但是奧布芮抓住莎拉，伸出手臂勾住她的手。我站在那裡，覺得自己好蠢，而同學們紛紛找人搭檔，最後只剩下一個人獨自站著。

那個人是賈斯汀．馬隆尼。

我嘆了口氣。如果說賈斯汀有什麼專長，那就是闖禍。有一次他帶了好幾塊奶油來學校，然後撩起襯衫在肚皮上塗滿奶油。接著他朝走廊另一頭一直跑過去，飛躍起來之後，以類似腹部著地的姿勢趴在地板上。他本來想一路滑到走廊另一頭，但卻只換來肚子上好幾個地方擦破皮，接下來到放學時間都得將襯衫下襬拉高，避免弄痛肚子上的傷處。

當杜頓老師解說要做的實驗——觀察池塘水和自來水，並且測試兩者的酸鹼值——我和賈斯汀互相打量。他在脖子上戴了一個計時器，頂著一頭亂髮。

「嗨，蘇希。」賈斯汀說：「我想我們是一組了？」

他看我不答腔，就低下頭。「好吧。」他說：「我想我去拿池塘水好了，妳不介意的話。」

我聳聳肩。

賈斯汀將水舀進水罐時，將水花濺得到處都是。我將另一個水罐裝滿自來水，然後我們一起走到教室後方的角落。

我們坐下來的時候，賈斯汀脖子上的計時器開始發出嗶嗶聲。他按了一下停止鍵，伸手進牛仔褲口袋，拿出一顆淺橘色的藥錠，他吹開上面沾到的碎屑，將藥錠放在舌頭上，也不配水或其他東西就一口氣吞下去。

然後他看著我，聳聳肩。「提神醒腦的營養早餐，或午餐，隨便啦。」

我什麼都沒說，他又解釋：「注意力不足過動症。」他說：「如果我不吃藥，腦袋就會失控暴走。」

我不確定他應不應該在上課的時候吃藥，反正賈斯汀從來不是循規蹈矩的乖乖牌。

我聳聳肩，繼續做該做的事。我們花了幾分鐘將酸鹼試紙浸在水裡，再將觀察結果記錄在紙上，這時賈斯汀抬起頭。

「聽著，蘇希。」他說：「我知道，我很可能不是妳找實驗伙伴的首選。」

很可能？

「可是我不會搞砸害到妳的，好嗎？」

我盯著他的臉，想找出一絲諷刺的意味，但是他看起來很誠懇，「我現在改吃一種新的藥，表現比以前好很多。我會努力的，我保證。」

他看我不回答，就又繼續寫字，一邊寫一邊喃喃默唸。

*

那天下課走出教室的時候，杜頓老師叫住我：「蘇珊娜？」

我停住腳步。

「妳想好報告主題了嗎？」

我點頭。

「妳想好了？」她聽起來很驚訝。

我再次點頭，這次還直直望著她。

「太好了，蘇珊娜。是什麼呢？」

就算你打定主意不講話，人生中還是會碰到你必須大聲說出一件事的時刻，當下就是這樣的時刻。在這樣的情況下，最好是盡量講最少的話——如果可以，只講一、兩個字也行。

「水母。」我咕噥。

她向我靠近，好像聽不清楚似的。「抱歉，是什麼？」

我皺皺眉，將音量稍微放大：「水母。」我知道我聽起來很不耐煩，而且我覺得很過意不去。但是你一旦下定決心不講話，就很難大聲講任何事，更別說還要重覆同樣的話。

不過我想老師並未被我的語氣惹惱，因為她的表情一亮。「很棒的主題。不管是什麼生物，都有太多可以研究了——動物的棲息地和生長區域、進食和獵食行為，還有和人類的關係。如果妳在找資料上需要任何幫助，來跟我說。」

我點點頭，開始朝門口走去。

「蘇珊娜？」她叫住我。

我看著她。

「妳應該知道這份報告是口頭報告吧？」

我等著她繼續說。

「我要說的是，妳之後必須在全班同學前面報告，妳想的話可以用唸的——不一定要全部記在腦袋裡。如果妳需要，我會幫妳練習。但是上臺報告的分數占總成績比重很重。」她望著我，一臉殷切，「妳聽懂了嗎？」

我點頭。如果我不想七年級自然課被當，我之後就必須大聲講話。

如何給予承諾

我們本來應該要唸那些探險家的事蹟，但我們拿著梳子在妳的房間繞圈跳起舞。升上四年級以後開始有小考，下次的範圍是對於推進地球版圖有功的十五個名人。妳很難記住他們的名字，所以我開始想一些可以幫助記憶的口訣。

我們把環遊世界的麥哲倫想成「海蜇皮」，想像他扭動著很有彈性的身體繞地球一圈。我們把第一個到今日的美國南部探險的歐洲人埃爾南多．德．索托[6]，想成「埃爾南多．的．蘇打」，因為南部太熱了，所以他需要喝蘇打水。紅髮艾瑞克[7]是在格陵蘭建立第一個歐洲移民屯墾聚落的維京人，我們把格陵蘭想成「隔鄰藍」，假想艾瑞克自己的名字裡有顏色，就也想用顏色來為那個地區取名。為了記住航行到澳洲的詹姆斯．庫克船長[8]，我們決定把他想成「沾慕斯．撲克」，想像船長到澳洲以後喜歡一邊吃慕斯，一邊和無尾熊、袋鼠玩撲克牌。

記好庫克之後，我們決定休息一下。於是我們跳來跳去，假裝自己是在舞臺上演唱的搖滾巨星。我們輪流跳到床上載歌載舞，然後又跳下來。

我像公主一樣揮手，鼻孔朝天。

「妳看起來像奧布芮。」妳告訴我，我做了個鬼臉。

昨天在操場上，奧布芮告訴大家她是四年級裡最受歡迎的女生。也許是真的，但不應該是這樣。如果是真的，不過是因為論起受歡迎、長得漂亮比其他人是不是真心喜歡你還來得重要。

我繼續揮手，故意模仿奧布芮的樣子，還說：「我是全世界最受歡迎的女生。」

「嗯。」妳說：「如果我哪天變成這樣，妳就開槍射死我吧。」

---

6 譯注：文藝復興時期的西班牙探險家，率領第一支歐洲探險隊進入今天美國東南部地區，也是首位橫跨密西西比河的歐洲人。

7 譯注：於十世紀末，率領維京人至格陵蘭殖民。格陵蘭雖名為綠草如茵之地，但氣候酷寒，致使該處的維京人於四百年後滅亡。

8 譯注：是英國皇家海軍軍官。十八世紀中期，三度前往太平洋探險，是首度登陸澳洲東岸、夏威夷群島，並環繞紐西蘭航行的歐洲人。

我把手放下來，看著妳。「我絕對不會朝妳開槍。」我說。

「好吧，那妳得做點什麼，好嗎？」

「可是妳絕對不會變成奧布芮。」我說。

「當然，只是以防萬一。萬一發生了，提醒我一下，傳個祕密訊息之類的。」

「什麼樣的訊息？」我想像自己舉起一面巨大的看板，上面寫著：「不要這樣。」

「某種訊息，我不知道。動作要很大，要真的可以引起我注意。」

我聳聳肩。「好吧。」

「就好像要煞有其事的，要很嚴肅。」

我想了一會兒。我不確定妳要表達的到底是什麼，可是我喜歡傳祕密訊息的主意，只有妳跟我看得懂的某種暗號。我很乾脆的回答：「當然，一言為定。」

一首歌結束，妳對著當成麥克風的梳子說，「讓我們歡迎……偉大的……爆炸頭小姐！」

我皺了皺鼻子。「爆炸頭小姐？」

「對啊。」妳說：「因為妳的頭髮。」妳按下播放鍵，播出來的是我非常愛的一首歌，以前我媽媽常放給我聽。歌詞在講醒來的時候，發現自己周圍環繞著一千萬隻螢火蟲，那是我喜歡想像的場景。一千萬隻螢火蟲在我的頭頂周圍閃爍不定，就好像所有遙遠的星星都來到地球，只是要跟我說聲哈囉。

「我好愛這首歌！」我說。

「我知道，傻瓜。」妳回答。

我跳上床，對著天花板高唱出歌詞：「我想讓自己相信……地球緩緩的運轉……」

然後妳跳上來站到我身邊。我說：「各位女士先生，讓我們歡迎草莓女孩……」

「草莓女孩？」

「對，因為妳的頭髮是金色帶點草莓粉。」

「哦，我喜歡！」

然後妳對著梳子高唱：「因為一切從來不如眼前所見……」

妳的一隻手臂向外伸開，下巴抬得高高的。妳幾乎完全閉上雙眼，嘴角揚起，勾出一抹微笑。

妳看起來好開心。

當時我對妳說：「我媽媽說，等她賣掉洛拉巷上那間大房子，她就帶我們去合掌屋。」合掌屋是一家餐廳，廚師就在你前面的桌臺上直接烹煮食物。

「真棒。」妳說，身體仍然隨著節拍搖擺。

有人敲了一下門，在我們還來不及跳下床的時候，妳媽媽探頭進來。

「女孩們，」妳媽媽說。她的聲音很嚴肅，不過她的表情看起來好像在努力憋笑，「妳們不是應該在做功課嗎？」

「我們在休息。」妳回答。妳僵在那裡，還維持著類似搖滾巨星的姿勢，微微朝手裡的梳子前傾。

「好吧。」妳媽媽說。我確定她露出笑容。「也許該是休息結束的時候了。」

「好。」妳說。

「好。」我說。

她朝我們眨眨眼，然後將門關上。

我們將音樂關掉，忽然又變回芙蘭妮和蘇希，只是普通的孩子，不是什麼搖滾巨星。我們重新拿起課本，又回到「海蜇皮」、「的．蘇打」和「沾慕斯．撲克船長」。

專家二號及三號

我從來沒想到，竟然有那麼多人大半輩子都在想水母的事。而且不只是生物學家，還有美國太空總署的工程師，他們研究水母的噴射推進模式；有些演藝人員將巨大的水母玩偶帶到演唱會或其他活動現場，讓夜空宛如一片汪洋；有些學者專門研究水母的生理構造、生態或演化。我選定其中一些人做了筆記，寫下一些最重要的資訊，然後將筆記紙折好，塞進自然科筆記本的封底內側。

某次實驗課上課之前，我翻閱先前的筆記。賈斯汀的目光越過我的肩頭：「那是什麼？」

我將紙快速塞進筆記本封底內側，然後「唰」的一聲闔上本子。

「呃。」賈斯汀說。他看起來有點嚇到。「抱歉，我不是想多管閒事。我只是——」

然後他笑了起來。「我不知道，看起來好像聯邦探員的紀錄還什麼的。妳是喬裝的特務還什麼嗎？」

我瞪著他。

「史萬森探員。」他說，還向我敬禮，「特來報到……」

請問我應該要怎麼回應比較好？

就算我想告訴他任何事，我還是沒有找到最理想的專家人選。

我想找的，是對水母螫人有些了解的專家。

候選人：專家二號

戴安娜．納雅德，長泳選手

六十四歲，不過看起來一點都不像老奶奶。事實上，她看起來好像可以一拳擊中拳擊冠軍的臉，事後又毫髮無傷的走開。

短髮。非常、非常多肌肉。

曾四度嘗試從古巴游到佛羅里達，不過每次都因為遭水母螫到重傷而被迫中止。網路上有她受傷的照片，腫脹的臉上滿是水泡，根本認不出她是誰。

她正在努力鍛練，準備第五度挑戰。目前在加勒比海練習，每天最多游二十小時。

優點：

—有遭水母螫傷的親身經驗。

—看起來很強悍。

—應該說，真的很強悍。

—找這麼強悍的人來幫我或許是好事。

缺點：

—每天游二十小時？這樣要和她對話可能很困難。

—這表示她游完泳之後，就只剩下四小時做其他事。不確定她會不會有足夠時間來幫我。

—我真的想知道被水母螫的感覺是什麼嗎？

—她看起來實在太強悍了，我懷疑她為人一點也不和善。

結論：

—暫時淘汰，因為老實說我有一點怕她。可是仔細看看，她這個人很有趣。

候選人：專家三號

柳原安琪，在夏威夷的生化學家

年輕時曾被箱形水母螫傷（這種水母與伊魯坎吉水母有些關聯），休克前差點游不回岸邊。坦白說，她很幸運，因為她獲救了。之後，她發明了世界首支對付水母毒液的抗毒血清，目前正協助六十四歲的游泳選手戴安娜．納雅德，找出從古巴順利游到佛羅里達、不受水母干擾的方法。

金色長直髮，幾乎帶點草莓粉。真的。

優點：

—箱形水母和伊魯坎吉水母很類似。

—對水母螫人很了解。

—自己研發出治療水母螫傷的抗毒血清。

—知道怎麼彌補錯誤，還有怎麼挽回局勢。

—她很漂亮。一頭金髮又直又長，雙眼明亮有神。

—也許有那麼一點點讓我想起芙蘭妮？

—或許是個徵兆。

缺點：

—？

結論：

—也許就是她了？再研究一下。

我忍不住一直看安琪的照片。她的金髮很長又平順，幾乎和芙蘭妮的一樣。她熟悉能真正幫助我的所有事情。

實務上非常完美的人選。我發誓，我幾乎決定是她了。

可是接著我在網路上找到一個她受訪的短片，是一段關於她的研究的新聞報導。影片上可以看到她在白老鼠身上，注射取自箱形水母的毒液——就是螫傷她的那種水母。她將肚皮朝天的老鼠用膠帶固定在實驗室的桌子上，將牠的毛剃掉，然後透過螢幕，看著牠離死亡越來越近。她甚至連眉頭都沒有皺一下。

我知道讓別人痛苦，然後站在那裡看是什麼感覺。我做過同樣的事。

所以，就算柳原安琪是有正當理由才這麼做，就算她在最後一分鐘幫老鼠注射抗毒血清，對我而言都沒有意義了。我只想離這個女人越遠越好。

看來她讓我想起的根本不是芙蘭妮，而是我自己。

然後我看到詹米。我知道，詹米就是我要找的人。

如何不說重要的話

我坐在往學校的校車上，一直在想一本我們五年級唸的書，是關於一隻與超級市場同名的狗，以及一個女孩如何跟過去沉迷酒精的老太太成為朋友的故事。在故事裡，老太太將空酒瓶掛在樹上，來提醒自己曾犯下的所有過錯。當酒瓶被微風吹動時互相碰撞，發出的叮噹聲好像管鐘，這是整本書裡我最喜歡的片段：酒瓶隨風擺盪的情景。當所有糟糕的回憶似乎都撞在一起，卻以某種方式，被轉化成音樂。

妳看，我現在也有自己的糟糕回憶了，只是我還沒說出來。那個糟糕回憶就是：我媽和我爸告訴我他們要離婚了。

他們是某晚在艾默舒茲酒吧吃晚餐時告訴我的。那裡有波浪捲薯條，還有高到你得坐在酒吧凳上才搆得到的桌子。我媽媽說她幫我爸找到一間新公寓，還補了一句：「我想那是當房仲的好處之一吧。」然後他們兩個都笑了起來，老實說我覺得詭異極了。

我要加入那些爸媽離婚的小孩行列了。

亞倫要離開家已經夠糟了，而且他要拋下我們，去大學體驗所有新鮮刺激的事。他留在家裡沒帶走的空虛寂寞，卻好像將屋裡剩下的人切成兩半。

我真的很想告訴妳。這是我人生中最重大的一件事。

可是每次我試著想告訴妳，都沒辦法真的開口。

妳上了校車，朝我走來，走向我們每次坐的位置。我在想：也許是現在。也許是時候了。

但是等妳坐下來，妳看起來眉飛色舞，好像有什麼事想告訴我。妳甚至來不及跟我打招呼，就悄悄對我說：「妳喜歡誰？」

我不知道要說什麼。就算這是我想聊的事情，也有很多可能的答案。我喜歡瘋福，我喜歡妳，我喜歡亞倫，我喜歡我媽和我爸，雖然我現在很氣他們要離婚。我喜歡窗外輕啄樹幹發出聲響的啄木鳥。我喜歡又彎又纖細的新月，看起來好像隨筆畫出閉起的眼睛，彷彿天空眨了眨眼。

「什麼？」

「我是說，哪個男生。妳喜歡哪個？」

我皺了皺鼻子。我說：「都不喜歡。」我知道女生不想告訴別人自己喜歡誰的時候，就會這樣回答，但這次是真的，我誰都不喜歡，不是那種喜歡。

妳皺眉看我，我感覺得出來，跟妳講我爸媽的事的機會正在溜走。

「可是妳一定要有喜歡的人。」妳說：「我們很快就要變成中學生了。」

我在腦中反覆思索妳的話。我一定要？

我知道，有一些事情我一定要做。我一定要吃飯，一定要喝水，一定要呼吸。可是除了這些事之外，地球上似乎沒有其他事是我非做不可的，甚至包括我媽說我必須做的那些事——像是整理書桌，或是長大後就該更常洗澡。

不過，我沒有把我的想法說出口。我知道如果我說了，妳會翻白眼。妳最近開始常這樣做，而且老實說，我一點都不喜歡。

我聽到校車最後面的一群男生在大笑，是一大群男生聚在一起時的笑法。

所以我問：「嗯，那妳喜歡誰？」突然冒出這句，聽起來有點像在指控。

「我喜歡狄倫。」妳說，臉上泛起紅暈。

呃，我聽了差點沒嚇暈。

「狄倫！」我悄聲問妳：「狄倫．帕克？」

妳的臉更紅了。「對啊，狄倫．帕克。」

「妳在開玩笑吧。」我知道我說這句聽起來有點刻薄，但這確實是我應該表現得很刻薄的時候。所有人都有理由對狄倫刻薄，因為他自己待人就是如此。

妳聳聳肩，幾乎有些歉疚。「我只是覺得他很帥。」

那時候我知道：一切都要改變了。所有事情都要以最糟糕的方式絞在一起了。

我想到我的頭髮，想到我每天早上要對抗的打結。我這輩子花了這麼多時間，就為了梳開打結的地方。但是，不管我怎麼小心翼翼，試著將每一綹分別拉開，它們就是會纏得越來越緊。它們以所有最糟糕的方式纏在一起，亂到根本不可能梳理整齊。有時候你一點辦法也沒有，只能拿出一把剪刀，將打結的頭髮直接剪掉。

但是你要怎麼剪掉打結的人和事？

想到接下來會變怎樣，我一點都不喜歡。

勇敢的瘋子

詹米和你想的完全不同。他不是那種你想像中故事裡的男主角。首先，他很老。可能沒有戴安娜．納雅德那麼老，但年紀至少跟我爸爸一樣大，而我爸明年就要滿五十了。

他看起來也很有爸爸的樣子。眼周和額頭都有皺紋，他的下巴在臉部下方緊縮著，像推得太進去的抽屜，他還有好多白頭髮。當他穿上他所謂的「防螫裝」——可以保護他不被水母螫的尼龍材質潛水衣，他看起來有點像穿了過小睡衣的嬰兒。

詹米——生物學教授詹米．西摩博士，在凱恩斯的詹姆斯庫克大學裡的實驗室工作。凱恩斯是昆士蘭的一個城市，昆士蘭是澳洲的一州，而澳洲是世界上最大的島，也是世界上最小的大陸。

在澳洲的人看過蜘蛛吃小鳥、蜈蚣吃蛇、蛇吃鱷魚，和鱷魚吃小孩。澳洲還有會攻擊人的食人蟻、體內的毒液足以殺死二十六個人的章魚，跟有著尖銳利爪的鳥，牠們有時候甚至會用爪子撕裂成年人的身體，將內臟直接挖出來。
只有勇敢的瘋子，才會住在澳洲。

*

我看了很多詹米的影片。第一段影片裡，詹米跳進滿是致命水母的水裡。我說的致命是只要螫他一下，就能讓他在三分鐘後死掉，但他彷彿只是在做一件稀鬆平常的小事。

詹米徒手抓住其中一隻水母。水母十呎長的捲曲觸手向四周亂伸，詹米看起來一派輕鬆，他告訴電視臺記者說，他手中的水母擁有足以殺死十五個人的毒液。

我看得出來記者很緊張，他試著露出毫不在意的微笑，還講了一個笑話，好像在說：「哈哈，沒問題，工作需要嘛。」但是我看得出他的上半身向後仰，想盡量遠離水母，而且腦袋空白一片，根本想不出來要講什麼。

我看得到他眼神中的恐懼。

在另一段影片裡，詹米潛入水裡，雖然他從頭到腳都裹在防螫裝裡，臉還是有一小部分露在外面。暴露出來的只要一小塊就夠了。水母的觸手刷過他的下唇，很輕很輕，就好像他被連看都沒看到的觸手吻了一下。

刷過他的嘴唇的，是伊魯坎吉水母的觸手。

一隻真的伊魯坎吉水母。

事發的時候，詹米正在錄製某個電視節目，過程全被錄了下來。我看了他們對於事件的報導。

詹米被螫之後，他痛苦抽搐了整整兩天，也就是將近三千分鐘。在換算的時候，我試著用盡力氣，捏痛自己將近六十秒。

如果你可以，試試看，然後把痛苦乘以三千倍，但你還是完全無法想像，詹米到底經歷了怎樣的煎熬。那兩天裡，詹米躺在醫院病床上，身上只穿一件紅色泳褲。他高聲哭喊，將身體蜷曲成球狀，還不停嘔吐。他知道有攝影機鏡頭對著他，他讓他們全部錄下來。

後來詹米回憶，說當他躺在醫院裡的時候，他深信自己要死了。

他不像柳原安琪，他並未在白老鼠身上注入毒液，然後看著牠離死亡越來越近。

他就是白老鼠。

不過整段影片裡最詭異的部分，卻是他出院之後的片段。因為詹米一等到狀況轉好一些，差不多就在那一刻，便立刻回到水裡。他就這樣又回去找那些水母，還有說有笑的，好像那兩天根本不存在似的，看起來一點都不在意被螫傷。

這是我喜歡他的原因之一。我喜歡他，他沒有因為被螫傷而變了個人。他有一種幽默感。他什麼都不怕。他願意去原諒。

最棒的是，看起來詹米自己也很瘋，這樣他就不會覺得我是瘋子了。

我很確定他可以幫我證明，「有時候事情就這麼發生了」真的不足以當作任何事的解答。

如果他可以幫我這件事，他就也會幫忙我其他的事。他會幫忙我寫一個新的結局，讓我和芙蘭妮的友情有一個比較好的結局。

在這個結局裡，我是其中一個好人，不是惡棍。

第四部

變因

科學家追根究柢，想探索因果關係——世界上某個角落的變化如何造成其他改變。但是因和果並非總是易於推斷，所以設計良好的科學實驗會清楚定義：變因是獨立變因、非獨立變因或控制變因。如此科學家就能辨認出究竟什麼在改變，而造成改變的原因又是什麼。

——杜頓老師

水母潮爆發

下一件我想告訴你關於水母的事是：牠們準備要稱霸世界。

你知道這件事嗎？沒有很多人知道。這是我們人類的錯，但是甚至沒有人注意過。人們的注意力都放在其他事物上，例如貓彈鋼琴的影片，哪個電影明星在戒毒，或是誰又搶了誰的男朋友。人們只在乎眼影顏色、線上遊戲，和最上相的拍照角度。

可是同時，大海裡正在爆發水母潮。

不覺得這個名詞很好聽嗎？「水母潮」。我想到陽光下一波又一波的洶湧浪花。大海裡的水母比以前任何時期都多，至少一些科學家是這麼說的。

問題在於人類。我們從海洋裡捕撈其他魚類，且毫無節制。我們將魚送到工廠，將牠們壓扁，塞進麵包棒和餡餅，或是把牠們裝進卡車，送到海鮮餐廳或海鮮速食店。我們在超市冰櫃也塞滿魚肉，碎冰堆上的每一片都滑溜透亮。

我們在做這些事的時候，水母潮越演越烈。現在水母覓食的競爭對手更少了，牠們的數量大幅增加，成群結隊的遷移，所到之處的一切都被牠們吞噬殆盡。

海水在暖化，對於幾乎所有人來說都是壞消息。海水裡也殘留了大量化學物質，現在有許多廣大的海域，水中含氧量嚴重不足。可是水母喜歡溫暖的海水，又完全不受化學物質影響，而且以水分為主的身體構造裡儲存了足夠的氧氣。

現在已經有太多水母，世界各地都有發電廠因為海水冷卻系統被數十萬隻水母堵塞住，不得不停止運轉。水母族群的規模不斷擴大，開始和其他動物搶奪食物，受害的動物是你根本想不到的——例如南極的企鵝。一名科學家相信，如果水母再繼續大量繁衍，連鯨魚都會因食物不足而絕種。

沒有人知道這件事。沒有人去想或討論這件事。我的意思是，這是目前最重大的新聞，但是你上次在電視上看到水母出現是什麼時候的事了？

可是我告訴你，牠們就在那裡。

牠們現在這一秒就在那裡。牠們在幽暗的海水中，安靜無聲的移動，永不停歇。

如何漸行漸遠

什麼都在變。幾乎從妳告訴我妳喜歡狄倫．帕克那一刻起，全就開始變了，等到升上六年級之前的暑假，一切就都不一樣了。

我最先注意到的，是妳拉衣服的方式。妳會穿有一點點短的洋裝，衣服本身不是問題，只是妳似乎接下來一整天都在煩惱身上的衣服。我也看得出來妳很煩惱，因為妳一直在摸裙襬，扯一扯又反覆向下拉，好像妳終於決定想要遮住膝蓋；又或者妳只是不斷撫平裙面，撫了一遍又一遍，就算撫平之前和之後看起來根本一樣。

看到妳一下拉裙襬，一下撫平裙面，害我也一直想妳的洋裝，煩惱它究竟是太短還是剛好。

就是這點最讓我不耐煩。因為我不想要一直關心妳的洋裝，有太多事情需要關心了，很多重要的事情。

好幾個月過去了，我還是沒有告訴妳。我還是沒有機會跟妳說我爸媽的事。

我想要講。我想要邀妳去我爸的新公寓，讓妳看他新買的大電視機，完全符合我媽會形容為「浪費一大筆錢」的東西。我想要給妳看，我媽是怎麼將她的東西擺到以前我爸在用的衣櫃那一側，看起來好像他的西裝打從一開始就不曾掛在那裡。

可是每次我正想說些什麼，妳就忙著理裙子或照鏡子。只要周圍出現鏡子，妳就要照一下，每一面鏡子都照，不管我們在哪裡。而我總是要等到看見妳對著某個方向擺出各種姿勢，才會注意到那裡有鏡子。

不管我們先前在聊什麼，只要妳看到鏡子裡的倒影，對話就結束了。

「我好討厭我的頭髮。」妳邊說邊將一撮瀏海撥順。我不懂妳的頭髮有什麼好討厭的，我才是頂著一頭永遠梳不平鬈髮的人。如果我都不介意我的頭髮，妳實在沒道理那麼介意妳的。

可是妳接著也擔心起我的頭髮了。

「妳知道嗎？」妳說。我想妳是好心想幫忙。「我敢說只要找對產品，我們一定可以把妳的髮型弄得比較正點。」

「正點」。妳現在一天到晚用這個詞。

「喔，天啊！」妳會說：「我那天在賣場看到一雙最正點的查克．泰勒帆布鞋[9]。」

「查克．泰勒是誰？」我問。我想像著兩個長得一模一樣，穿著鬆垮褲子，還在蹣跚學步的小嬰兒，分別叫小查克一號和小查克二號。

「不是啦，傻瓜。」妳說，還翻了個白眼，「查克．泰勒是超正點的球鞋。妳什麼都不知道嗎？」

我知道一些事。其實我知道很多事。我只是剛好對於鞋子種類知道得不多，如此而已。比如，我知道時間和空間是同一件事，還知道所有的時刻有可能同時存在，意思是我可以同時是新生兒、小孩子、老太太、死人跟未曾存在的人；這些全都發生在同一個時刻，就在當下。

我知道所有事物會存在，是因為有小到看不見的微粒在一個隱形場域裡移動，就像人穿著靴子在淤泥裡前進，每走幾步，鞋子就變得更加沉重。

而自從我爸媽離婚之後，我開始揣想，這是不是也會發生在我身上：我在世界上移動的時候，是不是每移動一步也變得越來越沉重，重到再也起不來。

無論如何，妳看起來似乎不關心我知道的事情，不像以前一樣關心了。妳曾經會要我什麼都講給妳聽，而現在妳只關心查克．泰勒帆布鞋、妳的洋裝下襬，和任何妳在鏡子裡注意到的事物。

我不禁思索：如果妳關心的事物我不了解，而我了解的事物妳又不關心，那我們還有什麼話好說呢？

我從不買什麼用在頭髮上的「產品」。

後來，妳幫我買了某種聞起來像劣質香水的透明黏性髮膠。妳用手指將髮膠抹在我的頭上，搓揉以後幫我吹乾。可是最後只讓我的頭髮變更蓬、更捲，我看起來就像剛把一根手指伸進插座裡頭。

「唔……」妳皺起眉頭，「妳的頭髮真的很難整理。」

我就是在那時候想告訴妳：「或許吧。或許我的頭髮很難整理，或許是件煩人的事，可是我在這一分鐘之前，從來不曾這樣想過。」

我也是在那時候記起妳曾經說過的話。

妳說：「如果我哪天變成這樣，妳就開槍射死我吧。」

妳說：「提醒我一下，傳個祕密訊息之類的。」

9 譯注：匡威帆布鞋的經典鞋款，以身兼籃球運動員及匡威銷售員的查克・泰勒命名。

妳說：「動作要很大。」

可是我不知道怎麼提醒才是對的，怎麼樣可以告訴妳：我想要妳像以前一樣，關心我在乎的事物。

我不知道要怎麼說：我以前很喜歡跟妳在一起的自己，可是現在我不是那麼肯定了。

我不知道要怎麼說：拜託，拜託不要也跟著變了。

所以我什麼都沒說。我只是讓妳在我的觸電爆炸頭上又加了另一種產品，直到我看起來好像將頭埋進一缸凡士林裡泡過。等妳回家，我就將頭髮上的東西全都洗掉。

*

亞倫剛好在那時候回家吃晚餐，他帶了新朋友羅科，而我媽幫每個人準備了焗烤馬鈴薯，還頻頻微笑。不知出於什麼原因，她表現得好像亞倫帶回家的客人是貓王艾維斯本人，好像有什麼讓她覺得，亞倫的這個朋友跟其他來吃晚餐的朋友很不一樣。

我們吃飯的時候，我告訴他們妳的事，說妳老是在照鏡子，還有我不知道要跟妳聊什麼。

「哦，只是女生必經的階段。」媽說，還擺了擺手。她發出有一點過大的笑聲，然後就站起來收拾碗盤。

但是亞倫很認真的看著我。

「也許吧，」他說：「無論如何，我希望這只是階段性的，但是小鬼，我得警告妳：妳接下來幾年不好過囉。」

他瞄了羅科一眼，羅科搖了搖頭。「中學啊，」羅科回應：「就算有人付錢給我，我也不想再唸一次中學。」

「咔」一聲，然後完全死寂

我的計畫是寄電子郵件和詹米聯絡。可是第一次嘗試寫信的時候，我只是呆坐在那裡看著閃爍的滑鼠游標，坐到連屁股都痛了。

我想，還是先將我的想法寫在紙上比較好。但就算是打草稿，我還是想不出最適當的字句，只能一直將寫出來的字劃掉。

我試著寫得正式一點：

西摩先生您好

西摩博士您好

但是感覺不太對，於是我又嘗試了完全不同的開場白：

嗨，詹米

你好！你不認識我，但是……

我試著將開頭改得更有禮貌：

我寫信給你，~~因為我需要你幫忙~~是有一件事想借助你的知識專業。

我試著直接了當一點：

詹米，我需要你的幫助。

我試了好幾種不同的寫法，但就是找不出最得體的字句。全部都不是我想要的表達方式。我放下筆，再次點開那段他被伊魯坎吉水母螫傷的片段。

我試著解釋來龍去脈：

我有一個~~朋友~~同學，她最近溺水~~死了去世~~喪生。問題是，她的泳技~~很好~~非常高明。她是八月在馬里蘭州去世的。她就這樣溺死實在不怎麼合理，因為從我第一次看到她，她就真的、真的很會游泳。而且，我~~發現查到~~讀到馬里蘭州的海灘甚至不會出現很大的海浪。

接著我甚至試著告訴他，我已經自己查了多少資料：

我最近讀到全世界都出現水母潮。而伊魯坎吉水母，就是曾經螫傷你的那種（如果這麼說讓你覺得很痛苦難過，我很抱歉），特別有可能遷徙到世界各地。大家專家曾經以為伊魯坎吉水母只出現在澳洲，就是你們那邊。但是你知道將近十年一旬以前，在佛羅里達州就出現過伊魯坎吉症候群的案例嗎？有醫生曾在雜誌醫學期刊上寫過相關文章，我在網路上找到這篇，如果你想看，我很樂意寄傳給你您。

我試著提出一些問題：

所以我是這麼想的：我朋友同學有可能會不會是被水母螫到？我們有可能知道嗎？會有任何人注意到嗎？

我的意思是，有任何方法可以證明她溺水不是因為被伊魯坎吉水母螫傷嗎？有誰可以肯定？

而我們如果不知道她出了什麼事，又要怎麼防止其他人也出事呢？

我又看了好幾次影片，熟到都可以背下內容了，我決定再嘗試不同的寫法。

我一直等到我媽去睡覺。

那時很晚了，快要半夜。

可是澳洲凱恩斯市的時間，比麻薩諸塞州的南葛洛夫市快十五個小時，所以是下午兩、三點。那裡的人已經在過明天了。

我撥通在大學網頁上找到的電話號碼。我聽著電話響了幾聲，然後一位女士口齒清晰的說：「詹姆斯庫克生態多樣性中心。您好，請問有什麼可以為您服務的嗎？」

我張開嘴巴想說話，但是一個字都說不出來。

問詹米在不在就好，我告訴自己。我用力閉緊雙眼。問就對了。

但是我已經預期到她的下一個問題會是什麼，不外乎「請問是哪方面的事務呢？」或「可以請教是什麼事嗎？」

而我不太確定我該怎麼回答。

「喂？」她說：「聽得到嗎？」

我將話筒貼緊耳朵。我想請詹米幫忙，我心想。我想要他幫我做一件事，是為了我朋友。我朋友，不再是朋友的朋友，她死了。我想要詹米幫我找出頭緒，幫我想辦法解釋，幫我證明像這樣的事情發生的時候，是有它的原因的。

我想要詹米幫我在這個世界找回一些秩序。

「您好？喂？」

在電影裡，對方在那頭掛電話之後，這頭幾乎立刻就會響起「嘟——嘟——」的聲音。可是在現實生活裡，就只有「咔」一聲，然後完全死寂。如果你是用手機打的，可能會聽到很短的嗶嗶聲，還會收到顯示通話結束的訊息。可是你如果在家裡的客廳打電話，當時又是在半夜，你會聽到的就只有「咔」的一聲。

接著你可能會聽到護壁板裡的電暖器在開始運轉前發出嘎吱聲，之後就是一片死寂，毫無聲息。

說得體的話從來都不是我的強項。

如何一錯再錯

等到我們開始在尤金菲爾德紀念中學唸六年級，一切就完全變了樣。

首先，新學校比以前的學校大。中學的新生來自三間不同的小學，所以有很多不認識的同學。校舍也比以前大，而且有很多不同的分館：有六年級、七年級、八年級、美術課和體育課的分館。我很常迷路，然後誤闖進高年級學長姐的分館。

還有可以鎖住的置物櫃。去年大家都把東西放在一格一格的木頭櫃子裡，所以每個人的東西都一目了然。改用冷冰冰的金屬密碼鎖置物櫃以後，所有私人物品都好像見不得光。置物櫃一個挨著一個，塞滿整條走廊，甚至整棟分館。我晚上開始夢到自己在走廊上走，夢裡的置物櫃一直延伸，看不到盡頭。

學校裡，同學們互相偷瞄，好像對彼此有什麼猜疑。我看得出來同學開始組成不同的小圈圈——深色頭髮、長得漂亮的奧布芮和一個叫莫麗的漂亮金髮女孩坐在一起，安娜、珍娜和其他幾個長得也很漂亮的總是圍在她們身邊，其中幾個女生是我小學就認識的，還有幾個我不認識。我不喜歡當她們聚在置物櫃旁邊的時候經過她們身邊，她們的頭髮平直，好像非常了解要用什麼護髮產品。這讓我意識到自己那一頭毛燥打結的頭髮，不禁覺得自己跟她們好像是不同種的生物。

*

新學年剛開始的那段日子，至少午餐時間還是和前一年一樣，我跟妳會一起吃飯、分享點心，一切都那麼輕鬆自在。

但是過了一陣子，情況開始變了。而我一開始並未發現。

每天中午，我都坐在我們習慣坐的那張餐桌旁，邊吃我的乳酪三明治，邊等妳買妳要喝的牛奶。等待的時間開始拉得越來越長，因為妳買完之後不再直接回座位，而是四處流連。妳跟其他我不認識的人閒聊，一點都不急著結束話題。妳也不只是跟人聊天，還會擺出屁股微翹的站姿，我忍不住猜想妳是不是在等狄倫走過妳身邊。一天又一天過去，妳四處流連的時間似乎也一點一點的拉長。

直到有一天，當妳走出排隊買午餐的人龍，我以為妳會朝我們坐的這桌走來。可是不是，妳走到另一桌和其他女生坐在一起。不只是普通的女生：跟妳同桌的是奧布芮、莫麗、珍娜和安娜，她們朝妳微笑，好像妳坐在那裡一點也不奇怪。我看得到妳說話時嘴唇不斷開合。

我望向室內另一角的妳，我們的視線交會。我朝妳皺眉，擺出雙手一攤的姿勢問：「妳在幹嘛？」

妳先是別開視線，我繼續盯著妳看。過了一會兒，妳又看向我，露出微笑並招手示意我去妳那裡。

好像覺得我會想和那群女生坐在一起似的。

我氣得臉都皺成一團，低下頭看我的三明治。一名午餐導護員走過，並對我說：「小心啊，要是臉皺成那樣回不來怎麼辦。」

那天晚上，我跟我媽說我想改成在學校餐廳買牛奶跟點心當午餐。如此一來，我就可以在妳買牛奶的時候跟在妳身邊了。

隔天，等我們都付完錢給收銀臺的女士，我說：「走吧。」然後拉著妳到我們常坐的位置。

妳跟著我走，和我坐在一起，就像以前一樣只有我們兩個。但是妳整頓午餐都很安靜，妳一吃完就將牛奶盒壓扁，然後站起來，看都不看我一眼。

過了幾天，妳若無其事的說：「我今天要跟她們一起吃。」同時朝著奧布芮那一桌甩頭示意。妳的語氣是我媽有時候會形容是「輕慢」的那種。妳停頓了幾秒，然後補充：「妳也應該一起來，她們人很好。」妳這句的語氣比較親切一點，似乎覺得對我有些抱歉。

我跟著妳走到那一桌，妳在珍娜旁邊坐下。其實沒剩什麼空間，但我硬是搬了張椅子，擠在妳們兩個之間。大家都跟我說嗨，但是之後的午餐時間裡，幾乎沒有人跟我說上半句話。

午餐時間結束前，同桌女生全都拿出小圓鏡。她們分享各種綠色、藍色和灰色調的腮紅和眼影，聊起臉型和膚色，然後對一些衣服顏色和膚色不搭的同學品頭論足。妳好像聽得懂她們在聊什麼，至少足以讓妳贊同朵莉·柏金斯有一張偏橄欖色的鵝蛋臉，而艾瑪·史傳克的膚色偏冷色調，而且有張心形臉。

妳轉向我並輕聲說：「蘇希，妳的臉也算是心形。」我忍不住朝妳做了個鬼臉，妳很快轉過頭去。

＊

隔天，妳又去和她們坐同桌。我跟著妳，因為最好的朋友一定會坐在一起吃飯。莫麗聊起她上嘻哈舞課的時候，要用保鮮膜包住腿和肚子，這樣就能流更多汗。

我想到我媽一直以來建議我的：問別人很多問題是很重要的事。於是我問：「妳究竟為什麼想要流更多汗？」

莫麗沒有回答，但是奧布芮朝我靠過來，她一字一句慢慢的說，好像答案再明顯不過：「因為要讓長褲更貼身。」

我再接再厲。

「事實上，人類身上最多汗腺的部位是在腳底。」我這麼說。因為這是事實，也因為我想加入對話。

莫麗看著我，挑起一邊眉毛。於是我知道自己說錯話了。

我再次嘗試。「妳們知道剛流出來的汗水是無菌的嗎？」

莫麗緊抿著嘴唇，她的鼻孔微微的一開一合。

「有點像尿液。」我說：「大家都以為尿液很髒，但其實很乾淨。」

整桌鴉雀無聲。

「妳們知道嗎？有些人甚至會喝自己的尿。」

我注意到珍娜本來要將手上的爆米花放進嘴裡，手卻僵在半空。

珍娜看看莫麗。奥布芮看看妳，然後看看安娜。

沒有人看我。

我說：「通常如果有人喝自己的尿，都是在不得不的狀況下。像是可能被困在亂石堆裡或什麼的。但是有些人這麼做，是因為他們覺得有益健康。」

珍娜搖搖頭，將手上那顆爆米花放下；莫麗閉上眼睛，緊抿雙唇，看起來好像在努力憋笑。

事實上，看起來好像所有人都在試著忍住不笑。

連妳也一樣。

「喔，妳們知道還有誰會喝自己的尿嗎？」我似乎沒辦法控制自己不說出這些話，即使我在吐出這些字的時候，就知道我又說錯話了。

「蝴蝶。牠們用這種方法攝取鹽分和礦物質。還有很多動物會用尿液和同類溝通，我的意思是，雖然聽起來滿噁心的……但是……」我的聲音逐漸轉小，我咬住下唇。我深呼吸了幾下，試著忽略四周的靜默。

我伸手進包包裡，拿出我的水果軟糖捲。是草莓口味的。

我拿到妳面前。「要吃嗎？」

妳搖搖頭，看都不看我。

我說：「妳確定？是草莓口味的……」

妳的視線略過我，落在我的右肩後方。

我說：「記得嗎？」

其他女生再次面面相覷。

「草莓口味給草莓女孩。」我再次拿高手上的水果軟糖捲，還輕輕揮舞一下。

妳這時候忽然瞪著我，雙眼微瞇。

「什麼？」奧布芮問。

「沒事。」妳很快接話，「沒什麼，只是我們很小、很小的時候開的愚蠢玩笑。」妳對我擺出惡狠狠的表情。

「有些人不知道該是長大的時候了，就這樣。」妳補上一句。

妳站了起來。就這樣，其他女生也跟著站起來。

妳正準備大步離去的時候，彎下腰朝我靠近，近到我能感覺到妳散發的熱氣。妳滿臉通紅，眼中的怒火熊熊燃燒。「蘇希，妳為什麼一定要這麼怪？」妳咬牙切齒的說。

我從來沒有看妳這麼生氣過。我很迷惑，因為我只是想請妳吃水果軟糖捲，只是一件朋友之間會做的事。

「妳真的、很、奇怪。」妳說。妳別過頭，氣沖沖的離開學校餐廳。其他女生跟在妳後面。

我好訝異——訝異的程度不亞於我第一次看到妳的時候，不亞於以前我以為妳和我一樣不會游泳，卻忽然看見妳潛入水裡游泳那時候。

那些女生都跟著妳。妳以前是不敢在課堂上朗讀，不敢離開家在沒有媽媽的地方過夜的女生，但現在這些女生都跟著妳。

沒有一個人回頭看我一眼。

面對面

每次療程開始的時候，長腿醫生只問我一個問題：「妳今天比較想保持安靜或說話呢？」我每週都用同樣的方式回應：閉緊嘴巴，盯著自己的鞋子。

長腿醫生向後靠著椅背，雙手在懷中交扣，以沉默回應我的沉默。而我爸媽在門的另一側等著，我們坐在那裡一語不發，週復一週。

這讓我想到亞倫跟我講過的故事：一個作曲家寫了一首沒有任何音符的曲子。演出這首曲子的時候，一名音樂家上臺，打開鋼琴蓋，設定計時器，然後一個音都不彈。亞倫說，去看首輪表演的觀眾開始緊張，他們悄聲議論，不安的變換坐姿，有些人甚至直接走出場。但是後來再演出這首曲子的時候，觀眾會期待靜默無聲的時刻。他們不再生氣或緊張，而是聽見其他聲響：節目單的窸窣聲、衣服布料滑過座椅的聲音，和有禮的咳嗽聲。他們聽見他們自己，聽見即使外在的噪音一直都在，平常也不會聽見的自己。

那首曲子叫做〈四分三十三秒〉，因為演奏者要靜靜的坐在那裡剛好四分三十三秒。

如果人們安靜下來，就能更清楚的聽見他們生活中的噪音；如果人們安靜下來，說出來的那些話和選擇說話的時機都會變得更重要；如果人們安靜下來，就能讀懂彼此發出的訊息，就好像水裡的生物透過發出閃光，或變換身體顏色來傳遞訊息。

人類實在很不擅長解讀其他人發出的訊息。我現在知道了。

有時候我試著想像長腿醫生在發送什麼訊息給我，但是我無法判斷。我想我在充滿話語的世界裡生活太久，還沒辦法理解靜默這種語言。

每星期對坐四十五分鐘之後，長腿醫生會打破沉默：「好，時間到。」

我真心希望這些療程不會貴到要讓爸媽砸一大筆錢。

＊

第四次去看長腿醫生的時候，情況有了改變。在療程時間到一半的時候，長腿醫生開口了。

「蘇珊娜，」她說：「我在想，或許妳曾經想過為什麼人要和其他人講話，為什麼會開始出現交談。」

長腿醫生解釋，很多人相信，人類會演變成以語言來溝通，是因為社會變得太複雜，手勢和吼聲已經不敷使用。

接著她加了一句：「但是我不這麼認為。」

如果她以為我會問她怎麼想的，她就錯了。

長腿醫生傾身向我靠近，她說：「我認為，是因為我們需要被了解。」

我們需要被了解。這句話讓我想到我想讓芙蘭妮了解卻全都做錯的事——從以前開始，一直到我看著她邊哭邊提著那些要命的袋子，最後一次從我身邊走開那一刻，發生過的所有事情。

想這些事實在太讓人心痛，所以我盡我所能的將這些回憶全都趕出腦海。我一直以來都是這麼做。

然後我想到詹米。自從上次打電話找他失敗，我一直很認真的在想要怎麼聯絡他。

「被理解是人類的基本需求，」長腿醫生說：「妳不想要其他人更了解妳嗎？」

我坐著不動。信任我，長腿醫生在第一次見面的時候曾說。我不會去評斷對錯。

但是這個女人，她怎麼可能幫任何人更了解我？

「難道沒有什麼事，是妳迫切想表達的嗎？」

呃，有。我需要詹米的幫助。所以我點頭。

「也許我可以幫妳找到適當的表達方式。」她說。她的聲音低沉熱切，就好像我跟她一起在策畫什麼重大陰謀。

我看得出來，她覺得我們正在經歷某種她很可能稱為「突破」的過程。

我微微瞇起眼，讓她知道這不是什麼突破。

「好。」她說：「不論妳想說什麼，我建議妳直接說出來。只要張開嘴巴，告訴全世界妳正在想什麼。」

詹米，幫幫我，我想。詹米，你是唯一人選。

「當然，碰到妳們這一代。」她繼續說：「我總是覺得我必須補充一下：請不要用簡訊、電子郵件或其他類似的形式。如果妳需要溝通什麼重要的事，將妳的真心話面對面的說出來。」

面對面。哈，我和我要求助的人剛好分別在地球的兩邊。

「蘇珊娜，我這麼說是有原因的。」長腿醫生說：「妳知道我們傳遞給其他人的訊息大部分不是透過語言嗎？」

總是有些人試著不用文字來溝通，我想。不一定每次都有效。對我來說確定無效。

「透過電腦或電話傳達妳需要說的話，常會造成溝通不良。但如果只有妳和另一個人在場，而且妳們就在彼此面前，說出自己的真心話，妳們就比較可能互相了解。」

只有我在場……說出自己的真心話……面對面。

「而且我向妳打包票，對方一定會回應。」

我想像自己坐在詹米對面。他朝著我微笑，好像在問：「有什麼我能幫上忙的嗎？」

我也報以微笑。

長腿醫生說：「我看到妳微笑了。希望這對妳有些幫助？」

我聳了聳肩，很明顯她將這當成肯定的回答。

「太棒了。」她說。她靠回椅背，雙手在懷中交疊。「真的很棒。」

療程剩下的時間，我們沉默靜坐。之後長腿醫生打開門，朝著我爸媽露出開朗的笑容。

「我想我們今天有了重大進展。」她告訴他們。

他們也朝她咧嘴一笑，敞開的心房裡懷抱無比的希望。

學不完的新知

為了寫自然科報告查水母的資料時，我不斷想起詹米。很難想像竟然有人可以成為水母專家，要學的東西數之不盡——我從沒想過一個人能從單一物種上學到這麼多。

例如，假如你將水母切成兩半，牠可能會變成兩隻水母，因為牠們可以像細胞一樣分裂。如果你讓一隻水母受傷，你可能會發現牠周圍漂浮著數百個微小的複製體，全都是從受傷的組織一個接一個衍生出來，就跟3D印表機印出來的一樣。

已知的水母種類超過一千五百種……甚至可能多達一萬種，而我們還不斷發現許多水母的新知。想到這裡，我頭有點暈——假想我可以一輩子研究水母，而且永遠不缺新東西可學。

我在查資料的時候，長腿醫生的話不斷在我腦中迴盪。

如果妳需要溝通什麼重要的事，將妳的真心話面對面的說出來。

我很想。我真的好想坐在詹米對面。我每查到一筆新資料，比如箱形水母沒有大腦，但擁有原始的眼睛構造，就更想去找詹米。

如果我可以跟詹米面對面坐下來談，他就可以告訴我所有我從沒想到要自己問起的事情——洋流、海水溫度，還有我們已知的關於伊魯坎吉症候群在世界上的分布狀況。也許他會將各種數據輸入試算表，然後說：「沒錯。沒錯，蘇珊娜．史萬森，妳說對了。妳找出妳朋友出事的原因了，妳是唯一發現真相的人。」

如果我可以跟詹米面對面坐下來談，我也會告訴他其他事。我會告訴他我讀到一個很久以前的故事：一名生物學家在他太太去世之後不久，到海灘散步，看到潮池裡有一隻水母，牠伸展開來的觸手讓他想到已故妻子散開的頭髮，於是他後半輩子都在畫水母。

我會告訴他芙蘭妮的事——講她怎麼和我一起長大，但現在卻不在了，還有我怎麼在那些水族箱裡看到她散開的頭髮。

但我不可能和詹米見面，除非我搭飛機到另外一片大陸，但這太瘋狂了。瘋瘋有洞，芙蘭妮會說。再等一百萬年也不可能。

要是……我不想等一百萬年呢？

如何知道一切都變了

在午餐時間講到尿液的那天之後，我謹記沉默是金。我和妳跟其他女生坐在同一桌，但是我一句話都不說。

也沒有人跟我講半句話。

有好幾週的午餐時間都是我坐在一旁，看著妳們聊天。然後有一天，我又回去坐我們的老位置，妳沒有和我一起坐，而且妳跟其他女生同桌的時候都背對著我。

幾星期過去了，一個月過去了。我在吃飯的時候看書、寫作業，靜靜聽著餐廳裡的嘈雜聲響——同學的喧鬧聲、置物櫃門關起的噹啷聲、牛皮紙袋揉皺的窸窣聲，還有午餐導護員的吼聲：「不要用跑的」、「自己的垃圾請撿起來」、「餐廳的托盤不要拿來當武器，拜託。」

我在等妳回來。

週末我們不再碰面了。我打電話問妳的時候，妳會說妳要和妳媽媽一起去逛街，或者妳要去拜訪琳達姨婆。妳還請了一個數學家教，因為階乘概念真的讓妳很頭疼。

春天時有一天特別暖和，我突發奇想：乾脆騎腳踏車去妳家好了。我想向妳道歉，說我不該在午餐時間表現得那麼怪，不該講什麼尿液沒有細菌。如果我們可以重新和好，我就答應妳以後不再那麼奇怪。

我已經活了十一年半，如果你算進兩個閏年，差不多是四千一百九十九天，也就是十萬又七百七十六個小時，或者超過六百萬分鐘，但只是地球上的時間。

如果是在冥王星上，我就只有一歲，因為冥王星繞太陽一圈要花的時間是將近兩百五十個地球年；如果是在水星，我就會是四十五歲。

但是在地球上，我的年紀是十一歲半，已經是不該那麼怪的年紀了。

我在妳家對面的人行道上停下腳踏車。我聽到聲音，很多女生的聲音。

院子裡有三個女生，她們正用水管互相噴水。而且她們被噴溼時細聲尖叫的樣子，看起來幾乎像是青少年了。我看了一會兒，直到其中一頭金髮帶點草莓粉的女生似乎將頭抬了起來。

妳只抬了一下頭，久到足以看到我站在那裡，然後就轉過頭去，繼續尖叫。

我在那一刻強烈意識到自己還穿著剪短的短褲，上半身是褪色的山城不動產公司T恤，上面還印著：「山城不動產：化夢想為住址！」是我媽在庭院裡種花除草的時候會穿的衣服。

我也看到妳眼中的我了：一個和這個世界格格不入的人。

喪屍蟻

氣溫開始下降，女生們紛紛穿上可以將牛仔褲管紮進去的羊皮長靴。窗戶上開始結霜，我媽嘀咕著天氣變冷的時候根本沒人會買房子。

沒過多久，在杜頓老師的自然課，大家就開始輪流上臺做口頭報告。有些人的報告主題很有趣——莫麗報告的是脊椎側彎，她高舉一張她姊姊背部的X光照片，讓大家看她姊姊的脊椎有多處微微側彎，好像一條慵懶的河流；珍娜的報告主題是海豚，她說海豚的聽力比人類的靈敏十倍。

賈斯汀報告的是變種貓，他拿出一張圖，上面是一隻長了兩張臉的貓。

「你們看，法蘭克和路易一共有兩張臉、兩個嘴巴、兩個鼻子和三隻眼睛。」他說：「牠們甚至上了《金氏世界紀錄》！」

狄倫報告的是閃電，聽起來很無趣，因為閃電不是活的，而且他只解釋了不同類型的閃電長什麼樣子。

老師安排了一週半來報告，每天輪三個同學上臺，我排在最後一天。每次有同學上臺，我就覺得離輪到自己的日子又近了一點。

現在只剩十一個同學。

剩十個了。剩九個了。

現在輪到莎拉．強斯頓上臺，她站在全班同學前面介紹喪屍蟻。

「有一種真菌會入侵螞蟻的腦部。」她解釋：「它會開始控制螞蟻的心智，讓螞蟻做出其他螞蟻不會做的事。」

控制昆蟲心智。坦白說，這報告主題真不賴。

「螞蟻會像喝醉酒一樣跌跌撞撞的離開蟻穴。」她繼續說：「之前螞蟻的所有行為都是為了螞蟻族群的利益，但是被真菌控制以後就不是了。螞蟻會像接受全球定位系統引導一樣，移動到確切的地點，然後死亡，而死掉的螞蟻頭部會長出一根莖幹。」

她指著一張脫水死亡的螞蟻照片，有一根枝狀物從牠的屍體冒出來——很噁心，但是也有點吸引人。

「之後某一天，」她說：「這根莖幹就炸開來，將孢子散播到新的蟻群身上，於是又有新的螞蟻受到控制。」

莎拉報告的時候，賈斯汀幾乎從頭到尾都趴在課桌上，但這時候他抬起頭來。「聽起來跟在中學裡一樣。」他的聲音乾澀。

我看到莎拉嘴邊閃過一絲微笑，但是杜頓老師警告似的看了賈斯汀一眼。

「莎拉，我很好奇。」杜頓老師說：「妳為什麼選這個主題？」

莎拉有點遲疑。「呃。」她說。她咬了一下嘴唇，想了一下，「我在電視上看到的，只是覺得很酷，不過真的、真的很可怕。想想看，像這樣的事情真的有可能發生——有東西可以就這樣控制你的大腦。」

「既然妳現在比較了解了，會覺得沒那麼可怕了嗎？」

莎拉搖頭。「不會。」她說：「還是很可怕，但也很酷。讓人發毛的酷。」

杜頓老師笑了。「讓人發毛的酷。」她說：「我喜歡。莎拉，謝謝妳的報告。」

莎拉回座位的時候，全班都很有禮貌的鼓掌。現在排在我前面的，只剩一個同學了。

也不知道為什麼，我翻開筆記本最後面，寫下這些內容：

詹米，如果我的報告很順利，大家會做的不只是鼓掌而已。他們會有感受，會和我在想到海裡發生最糟糕的變化，還有水母會害鯨魚餓死的時候有同樣的感受。我想要讓他們了解，這個世界比尤金菲爾德紀念中學大多了，而我們還有非常多事情需要找出答案。

只要他們了解這一點，等我和你證明芙蘭妮出了什麼事，他們就會知道事情有多嚴重。

我可以做到的，詹米。

我覺得我可以做到。

可是，老天，真希望我不用在全班同學前面講話。

如何失去一個朋友

春季季末，全六年級都去岩湖參加校外露營。

我們班玩了繩網和高空滑索，也玩了勾著彼此的手臂一個接一個爬過呼啦圈，而且全程都不能鬆手。我們還玩了矇眼走過迂迴曲折的林中小路的遊戲，女生看到蜘蛛就嚇得逃跑，男生在草地上扭打成一團。其中一名隨隊老師安德魯先生是六年級的級任老師，他教大家怎麼將木柴堆成塔型再生起營火。沒多久我們就開始烤熱狗並擠上一堆番茄醬，還把棉花糖放在火上烤到著火變得焦黑。

搭校車到這裡的路上，我一個人坐。妳走過我的座位，然後在奧布芮身邊一屁股坐下。如果我轉頭，就會看到妳傾身到走道另一邊和珍娜閒聊的背影。

妳和莫麗在額頭上夾著一樣的細長髮夾，都是同樣的夾法。不知道為什麼，那些髮夾沒有讓妳看起來更年輕，反而更老氣。妳們兩個都塗了亮晶晶的唇蜜，都穿牛仔褲，而上身的運動衫拉鍊只拉到中間，看起來有一點像雙胞胎。男生在森林裡跑進跑出，將樹枝和小塊的木柴丟進火堆。比較粗的木柴落進火裡，會有火花向上迸發，並引來一片歡呼。接著賈斯汀撿起一塊石頭，高舉過頭，然後朝火堆中心直接扔過去。爆起的火花四處飛散，幾個女生邊跳開邊尖叫。

「六年級同學，都到這邊來！」安德魯先生在不遠處的一棵樹下朝我們招手。他開始倒數：「十、九、八……」

男生七手八腳朝他衝過去，跑的時候少不了互相追撞和磕絆。女生移動的速度比較慢，她們三五成群的走著，也不在意能不能在安德魯先生倒數完之前集合好。我跟在那群女生後面不遠的地方，其實是跟在離妳不遠的地方，但是我不屬於妳們那一群——動作慢又一直在看男生的那群。我和妳們完全不同類。

而且我快成為觀察女生背影的專家了。

「小姐們，」安德魯先生說：「妳們也加入真是太好啦。」

接著他向所有人提問：「你們聽到了什麼？」他的頭髮很短，幾乎禿頭，兩腳站得很開，超過肩寬。看起來很像阿兵哥，或是比特鬥牛犬。

全部的人都安靜下來。接著賈斯汀發出類似放屁的聲音，所有人都笑了，只有安德魯先生沒有笑。奧布芮將頭朝妳靠過去，在妳耳邊悄聲說了什麼。妳咯咯笑了起來。

我真的好希望妳能看我一眼。

安德魯先生重複他的問題。「你們聽到了什麼？」

我閉上眼睛傾聽。在獨來獨往那麼多天，一個人坐著聽學校餐廳裡的雜音以後，我現在可以聽見很多聲音。我聽見同學們動來動去的窸窣聲、蟋蟀翅膀尖銳急促的拍動聲、鳴禽類宛轉起伏的啼聲，和一隻剛開嗓的貓頭鷹的呼呼叫聲。我還聽見在遠處的某個營地，有人在高唱〈星條旗永不落〉[10]。從另一個遠處的營地傳來沉悶的咚咚聲，好像是搖滾樂的鼓聲。

那些鳴聲悅耳的鳥類，有好多不同種類在林中鳴叫。有些鳥的叫聲像吹口哨，有些聽起來像在嘎嘎叫；有的嘰嘰喳喳，有的像在唱歌。牠們都是不同的鳥，發出的叫聲都不一樣，但是可以聽出有一種旋律。蟋蟀和貓頭鷹也一樣——所有生物的叫聲聽起來似乎很協調。某方面來說，就像是音樂，不同的音高和旋律全都往復交織。

然後，我突然想通了什麼：是音樂。我確定——我的意思是我就是知道——這些生物全都在一起演奏，用叫聲呼應其他生物發出的雜音。其中的每種生物都選擇了一種音高、一種調子，牠們填補了彼此之間的空缺。

是一場音樂會，而我只要好好聆聽就可以聽見。

我張開眼睛，直直望向安德魯先生。

「是交響樂。」我說。說出這幾個字讓我幾乎喘不過氣。

他歪了歪頭。「什麼？」

「是交響樂。」我重複：「或者，我不知道。嚴格來說不是交響樂，但無論如何很相似。」

他只是盯著我看。

「這些雜音，」我繼續說：「這些鳥，或其他生物，牠們是在一起演奏……」但是沒等我說完，我就看到他將一邊眉毛挑得高高的，我知道這不是他要的答案。是錯的答案，錯得離譜。但我既然說出口了，就不能收回。

我聳了聳肩，好像多少可以和自己說出的話保持距離。「我的意思是，反正聽起來有點像我說的那樣。」

「哦。」安德魯先生，不過他的語氣暗示他其實沒有在想我剛剛講的話，壓根不想理睬。他需要說的就只有那個字。而所有同學好像得到准許似的，全都笑了起來。所有同學，包括妳在內。

安德魯先生告訴全班同學應該要聽到什麼。「雖然蘇希同學在森林裡聽到莫札特，不過

---

10 譯注：由約翰．菲利浦．索薩譜寫的美國國家進行曲，歌頌愛國情操。

我希望大家聽到的是別的聲音。」他舉起雙手在空中打著節拍，剛好配合遠處搖滾樂的重低音。

接著安德魯先生向大家解釋，低頻的聲音可以傳得比高頻的聲音更遠，所以遠處有遊行的時候，我們一定是先聽到鼓聲，之後才聽到樂隊演奏的其他樂聲。

我感覺兩頰發燙。要是我剛剛先想到要講這個就好了。

*

之後，我一個人繞著營區走了好一會兒，就我自己。我聽著空中的交響樂，直到池塘邊傳來一陣笑鬧聲。是狄倫和凱文在互相拋接某個東西，我想可能是石頭或球，可是它有四肢。

是一隻青蛙。他們將一隻青蛙丟過來又丟過去。

住手。

我這麼想，可是我沒有說出口。

妳站在狄倫附近。妳看著他，還是微翹屁股的站姿，妳的眼神一直繞著他轉。

狄倫一定知道妳在那裡，因為他接到青蛙之後就轉向妳。他故意抓著青蛙在妳面前抖呀抖的。妳尖叫起來，好像很害怕，但聽起來又有點像是喜歡他這麼做。

他咧嘴笑了起來，看了看手裡的青蛙。

他轉向一棵樹。

不，不，不要。

是一棵樺樹，樹皮是白色的。離他只有幾呎遠。

拜託，拜託不要做出我覺得你準備要做的事。

他舉起手臂。

我倒抽一口氣。不。

一切都變成了慢動作：狄倫將手臂向後拉開，擺出大聯盟投手準備投出快速球的姿勢。

那棵樹就在他正前方。他臉上掛著一抹微笑，開始將手臂向後甩。

狄倫就要毫無理由的奪走一條生命。

其他同學這時候邊尖叫邊笑。

沒有人出面阻止。

我直直看著妳，看著妳的雙眼。妳可以阻止他，這點我幾乎可以肯定。

我想喊妳的名字……芙蘭妮……可是卻好像哽在喉頭。

妳聽不到我的聲音，但是妳一定感覺到了什麼。妳一定感覺得到我望著妳。

妳抬起頭，直直望向我。

我死命的盯著妳，盡我所能傳達我在想的一切。

狄倫是為了妳才這麼做，我試著用眼神告訴妳：拜託不要讓他這麼做，拜託別再笑了，拜託妳不要鼓勵他。

狄倫向後伸長他的手臂，已經伸得好長了。

求求妳，曾經和我一起在蝙蝠群下面奔跑的妳。

周圍的尖叫聲更大了。

我看過妳和瘋福在一起的樣子，也看過妳在其他人很冷酷的時候哭出來。

狄倫將手臂伸長之後，停頓了那麼一下。

這不是妳。我知道妳是怎樣的人，我比任何人都了解妳。

就是在這時候，妳微微瞇起眼睛。只是那麼輕輕一下，但是已經夠了。

妳這麼做的時候，露出我以前從未看過的眼神：毫無溫度。妳別過頭，看向狄倫。就在這一刻，他將青蛙擲了出去。

妳跟其他人一樣，邊笑邊伸手掩嘴。

有半秒鐘的時間，青蛙以一種荒謬又滑稽的姿態飛過空中，接著響起一陣雜亂又可怕的聲音。「碰——啪——」，感覺既乾又溼。

是我有生以來聽過最糟糕的聲音。

周圍「嘔」、「哎呃」和「好噁心哦」的聲音此起彼落，全都夾雜著笑聲。竟然這麼多人笑出聲。

我轉過身去，背對他們，背對妳，背對妳們全部的人。我必須用力深呼吸才不會吐出來。

我不知道該怎麼阻止事情發生。

我不知道任何對的事。我知道蝙蝠的事，知道蚯蚓的事，知道尿液和汗水是無菌的，知道在宇宙成形之前不存在任何顏色、聲音、光線或空氣。

但知道這些一點用都沒有。

我應該要知道其他的事。像是怎麼在額頭上別一個細長髮夾，看起來才會有點俏皮又不會太孩子氣，或是怎麼三五成群走在一起，怎麼在營火爆出火花的時候細聲尖叫，和怎麼在男生旁邊擺出屁股微翹的站姿。

後來妳和珍娜走過我身邊，當珍娜不屑的說出：「還交響樂咧。」好像「交響樂」三個字指的是垃圾桶底部那一坨在彼此身上爬來爬去的蛆，我應該要知道，怎麼說出最得體的回應。妳笑出來然後繼續往前走，我甚至過了一會兒才意識到妳是在笑我，笑我告訴安德魯先生的答案。

我應該要知道那天晚上稍晚，當我聽到其他同學在夜色中竊竊私語跟嘻笑的時候，我該怎麼做。那時我躺在睡袋裡，笑聲離我越來越近，真的很近。然後，我感覺到有人影在我臉上晃動。

我感覺臉上有什麼溼熱的東西。

口水。有人朝我吐口水。

口水不是汗水，也不是尿液。口水並不衛生。

口水裡有非常多細菌。

當從前最好的朋友——我現在知道了，妳不是我最好的朋友，不再是了——在夜色裡匆忙跑走，嘻笑聲也逐漸遠去，而溫熱的口水沿著我的臉頰向下流，流過我的鼻子，讓我渾身起雞皮疙瘩的時候，我應該要知道，除了躺在那裡假裝睡著，我還能怎麼做。

承擔重任

要上臺報告的前一晚，我沒辦法讓大腦停下來。

一閉上眼睛，我就看到水母。等我再張開眼睛，直盯著眼前的黑暗，看到的還是水母。

我下了床，打開燈，開始在房間裡踱步，練習要報告的內容。

當我正大聲的唸出報告內容，房間的門開了。

「蘇？」媽問。她穿著浴袍，邊說邊揉眼睛，「妳在幹嘛？」

我聳了聳肩。

「蘇，凌晨一點半了。」她說：「上床睡覺吧。」

但就算我躺下來，我還是半睡半醒。

到了早上，我就要開口說話。我就要告訴大家我了解的事。

等我說完，假如一切都照我預期的進行，我就不會是唯一了解這件事的人。

如果沒有照我預期的進行……好吧，那唯一可以幫我的就真的只剩下詹米了。

如何不要忘記

去岩湖露營已經是幾天前的事了，我一直沒辦法將那隻青蛙拋到腦後。

我不斷聽到活生生的青蛙撞在樹上的重擊聲。我記得牠從空中飛過的時候，四肢向外伸開來，好像連環漫畫裡的圖，可是一點都不好笑。

那隻青蛙當時很無助，無處可逃。

而妳直直望向我，妳的雙眼看到我的時候，它們就變了。

當下妳做了決定，妳決定不去關心，也決定了妳要站在誰那一邊。

每次我想到這點，我就好想尖叫。

如果我哪天變成這樣，妳就開槍射死我吧。很久以前妳這樣說，那時妳發誓絕對不會變成奧布芮。

提醒我一下，妳說，傳個祕密訊息之類的。動作要很大。

我試了，我試著喊妳的名字，可是我喊的時候哽住了。

我試著用眼神告訴妳，但是妳將視線轉開。

「碰——啪——」

快要到學期的最後一天了。

如果我想傳訊息給妳，我已經快來不及了。

第五部

實驗步驟

傑出的實驗步驟會寫得簡單明瞭：你用了什麼材料？有哪些步驟？要如何進行？

——杜頓老師

比我們更強壯

還有一件你應該知道的事：水母比我們更強壯。

想想看：水母攻擊的速度之快，在動物世界裡是數一數二的。牠們的毒刺像魚叉一樣有倒鈎，就像數百萬把靜待出擊的隱形武器。當水母的觸手拂過某個物體表面，就算只是輕輕掠過，水母也會立即反應。只需要七千億分之一秒，短到人類的理解、思考和反應遠遠跟不上的一瞬間，水母就放出那些魚叉，以媲美將子彈射出的壓力，噴出所有毒液。

就算在水母本身死亡之後的很長一段時間，就算觸手斷了，與水母的身體分離了很久，毒液依舊能發揮效用。水母是螫刺機器，牠們的毒刺就和地球上其他東西一樣可怕。

但是牠們甚至不需要去想，毒刺會傷害到誰或為什麼要這麼做。水母不會因為情緒起伏、愛情、友情或傷痛而遲疑。人類會因為各種麻煩而陷入僵局，牠們不會。

水母和同種的其他成員互動是為了交配，就算交配也非常乾脆：雄水母張開嘴巴釋放精液，雌水母從精液中游過去行體外受精。整個過程乾淨俐落，不用接觸，沒有任何高潮起伏、激情或痛苦。

當了爸媽的水母從不去想接下來會發生什麼事：牠們可能繁衍或不繁衍，牠們的後代可能存活或滅亡。水母寶寶不會去想牠們的父母，也沒有水母會思念其他水母。牠們漂過彼此身旁，不斷移動，在深海中永無止息的穿梭。

想像一種生物

「蘇希？」杜頓老師朝我微笑，「妳準備好了嗎？」

這天輪到我上臺報告。

我抱著一疊資料和幾張海報走到教室前面，心跳聲大到連我自己都聽得到。

我走過磁磚地板，聽到天花板上的燈管發出嗡嗡聲。某位同學稍微挪動了身體，他的椅子忽然嘎吱作響，嚇得我瑟縮了一下。

我深吸了一口氣。自從上學年開始，我就不曾和任何同學講過話。

我懷疑自己究竟還能不能大聲講話。

但是我呼出那口氣，然後閉上雙眼。接著我想起詹米。

我想到他將手伸進那團盤繞的觸手裡，毫無懼色；想到穿著紅色泳褲的他在病床上扭曲、抽搐；想到他願意讓全世界看到他承受極度的痛苦，就像正遭到百萬根電針電擊的樣子。

如果那樣，他都可以做到，我當然也可以做到。

我盯著教室後方的牆面，然後開口說話。

「想像一種生物……」我開始報告。接著我嚥了一下口水。（我的心跳聲真的好大聲。）

「想像一種生物，牠和其他動物非常不一樣，科學家甚至曾經把牠當成植物。」（深呼吸。）

「一種嘴巴跟屁股是同一個開口的生物。」（臺下傳來笑聲。很好，他們在聽我講話。）

「一種死了以後還能對其他生物造成傷害的生物。」

我用餘光掃視了一下全班，剛好注意到莎拉在座位上向前傾了一點。

於是我講給全班同學聽。我告訴他們水母的生命周期——講到水母剛開始生長時幾乎和植物一樣，攀附在海底動也不動，在生命中的這個階段屬於「水螅體」。但是等牠們長成「水母體」，就可以離開海底，自由的在海洋中漂游。

我給大家看不同的水母照片，第一張的水母外形像煎蛋，下一張長得像黑武士，還有一張的水母看起來像幼稚園小朋友畫的向日葵，是一個周圍有很多條線向四面八方延伸的大圓。我也展示了一張受到威脅時會像警報燈一樣發出亮光的水母照片，還有一種可以吸收周圍所有光線的水母。

「就像一個活生生的黑洞，」我告訴大家：「牠們就在海裡，真正的活黑洞。」

我拿出一張又一張照片。我先講了所有關於水母的基本知識——牠們吃什麼、住在哪裡、怎麼移動、有多少種不同的型態，接著我開始告訴大家其他的事。壞事。

我向全班解釋水母開始占據海洋。

講到水母搶走所有食物。

講到水母偷走企鵝的食物。

講到水母害鯨魚瀕臨絕種。

講到很多科學家相信水母的數量比以前超出許多，而毒性足以致命的水母以前只生活在澳洲等地，但現在很可能也出現在其他地區，例如：英國、夏威夷、佛羅里達州，甚至離我們更近的地方。

甚至像馬里蘭州這麼近的地方。

就在這時候，杜頓老師開口了。「蘇希，很抱歉打斷妳。」她溫和的說：「但是妳可能得盡快收尾了。」

「我還沒講完。」我的語調平板。

「我很高興妳有這麼多內容要報告。」杜頓老師說：「但是我們還有下一位同學要報告，而且我們時間快要不夠——」

「我還沒講完。」我說。我以前從來不曾用這麼強硬的態度對任何一位老師大聲講話，可是我不能草草收尾，我才正要講到最重要、需要說明的那些事，要我在這個關頭停下來，我做不到。

教室裡這時候陷入一片寂靜。

我盯著杜頓老師，她挑高眉毛、一臉驚訝。接著她低下頭，好像正在思考什麼事。等她抬起頭的時候，她勉強擠出笑容。「再給妳幾分鐘，蘇珊娜。」她說：「妳可以講完要報告的內容，但是請盡快作結。」

我深吸一口氣，然後直接挑明重點。「最可怕的大概就是伊魯坎吉水母。身形極小、全身透明，而且致命——你在水裡根本看不到牠。」

我告訴他們因伊魯坎吉症候群致死的病例數字，講到伊魯坎吉水母會遷徙到距離原生地很遠的地方，還提到被水母螫到之後會出現心跳過快、腦出血的症狀，而且有死因遭到誤判的病例。

我就是在這時候，覺得大家會聽懂。

我真的這麼覺得：每個人都會聽懂。

「……這就是為什麼我們需要盡量深入了解，在海裡有很可怕的蛇髮女妖梅杜莎[11]。」我說。

我講完了。我嚥了嚥口水，深吸一口氣。

然後我抬起頭。

杜頓老師望著我，她的表情和我突然頂嘴的時候一樣。我看得出來，她很認真的在思考某件事。

我覺得我辦到了，我想，然後我環顧教室，想看看同學是不是也在思考我剛剛講的那些事。

有些同學看著我，有些人在看別的地方。看向我的那些同學看起來不太像是深受感動。

其中一個坐在後排的男生打了個呵欠。

在他對面，有個女生小心翼翼的伸出腳，將一張折起來的紙條沿著地板向外推，推到坐她前面的女生的課桌旁邊。那個女生讓鉛筆掉在地上，彎下腰將紙條和鉛筆都撿起來。她打開紙條，然後噗哧一聲笑了出來。

奧布芮瞄了莫麗一眼，臉上的表情和她去年聽我講到尿液的時候一模一樣。莫麗做了個手勢來回應，動作小到大部分同學都沒看到。但是我看到了，她伸出一根手指在耳朵旁轉了轉，好像在說「瘋了」。

瘋瘋有洞。

我的眼神飄回杜頓老師身上，這時我明白了：她不是在想芙蘭妮。她很擔心，但是她擔心的不是芙蘭妮怎麼死的，或是水母即將占領世界。

她是擔心我。

不知怎麼的，我在報告時曾大聲講出幾個關鍵字。我不該這麼做的。

「蘇希，」杜頓老師終於開口：「真是太詳細了。我看得出來，妳為了這次報告一定花了非常多心血。」

她轉向全班同學。「我想我們的進度恐怕要落後了，所以很抱歉，派翠克，你得等明天才能報告了。」不管上什麼課都永遠在趕下一堂課作業的派翠克說：「太棒了！」還不停的向上揮拳。

接著所有人都恢復一臉若無其事的樣子，就好像我從來不曾開口講話。

11 譯注：Medusa是希臘神話中蛇髮女妖的名字，也是「水母體」的學術名稱。此處為雙關用法。

我想脫口而出，難道就這樣嗎？我真的好想大喊：不，不，你們沒聽懂。你們沒聽見我說的嗎？你們剛剛認真聽我說了嗎？

你們難道不懂，我們之中有人的生命可能已經被水母奪走？

而且這些生物或許哪一天就會征服全世界了？

手上的一些資料掉在地上，我彎腰去撿，眼神從頭到尾都直視地板，兩手不停發抖。

教室後排有人做了一件事：假裝咳嗽，但其實是要很大聲的講幾個字讓全班都聽到。

那幾個字是「梅杜莎」。

所有人都笑了。我看向四周，看到狄倫抬頭看著天花板，故作無辜狀。

接著，當我回頭看向黑板，我又聽到一聲假咳，這次我確定是狄倫。

然後班上所有人都開始學他那樣假咳。

「梅杜莎！」

忽然之間，我彷彿站在教室角落的旁觀者，看著其他人眼中的自己。我沒有看到什麼剛說服全世界相信某件大事的女孩，只看到一個古怪的爆炸頭女孩，臉上一陣紅一陣白，雙手不停顫抖。一個沒有朋友的女孩。一個淚流滿面、臉孔扭曲成最醜陋樣子的女孩。

一開始落淚，我就再也停不下來。

「梅杜莎！」

「不許再鬧。」杜頓老師厲聲說道。

全班安靜下來，但是我知道，從現在開始，我的綽號就是梅杜莎了。

「蘇希，回座位吧。」杜頓老師平靜的說。我點點頭，然後匆匆回到位置上。

我不想要只是坐在那裡，當著全班同學的面大哭。所以杜頓老師帶大家看當天的回家作業時，我打開筆記本，拿起筆開始寫字。

詹米，我真希望可以見到你。我希望可以見到你，你就可以告訴我你懂我，因為沒有人懂我。

我試過了，可是他們對我的發現視若無睹。

我知道你會懂，因為我看過你的照片。我在網路上找到好多你的照片，其中一張，你捧著一個罐子，裡面有一隻透明如幽靈般的伊魯坎吉水母，你望著牠的眼神很溫和。另一張照片裡，你盯著一個水槽裡的箱形水母。水槽裡的水母漂浮在上方，你從水槽下方朝上看著牠。水中有一些光點，看起來就像夜空中的星星。因為你站在水槽的另一邊，透過玻璃只能看到你的模糊身影，反倒是你看起來比較像幽靈。

有一件事我覺得真的很有趣：你的眼神裡從來沒有憤怒，從來沒有嫌惡。

當你望著那些水母，甚至讓人感覺不出來你們其實是完全不同的生物。

你看起來很好奇，就這樣——就好像你正試著要搞懂牠們，好像這些生物或許有什麼事情要告訴我們，而你願意去傾聽。

你究竟怎麼了？你為什麼能如此關心所有人都討厭的水母？我的意思是，我看到你躺在病床上，差點因為被水母螫了而送命。但你為什麼一點都不生氣？

你究竟怎麼了，為什麼你會愛那些沒人能愛的生物？

如何傳遞訊息

尿液裡有超過百分之九十五是水，很巧的是，人們也用幾乎一模一樣的字句來描述水母，說水母體內超過百分之九十五是水，但這對我來說不重要。還不到時候。在六年級即將結束的時候，對我來說最重要的，是將尿液冷凍並不難。

妳曾說，傳個訊息給我。有很長一段時間，我不知道該怎麼做。但在露營活動結束，感覺妳的唾液在我臉上流過之後，我知道了。

妳說過，動作要很大。

記得那天在學校餐廳裡，我曾說很多動物都會用尿液來溝通嗎？我就決定這麼做。我要用跟妳一樣的方式來傳遞訊息：用體液。

所以我需要扁平的碟子。這一點都不難，因為我開始每週六從明宮打包剩菜回家。外帶用的塑膠容器再完美不過，尺寸最小的只有幾英寸高，那是最理想的，可以輕易的在冷凍庫最裡面堆成一落。

要直接尿在這些碟子裡也很容易。我坐在馬桶上，將它們拿到身下，一次一個，裝滿就暫停換另一個。我將容器全都排在馬桶前的地板上，將蓋子分別蓋緊。

一切都很乾淨。就像那天我脫口而出的那句不得體的話，尿液是無菌的。唯一噁心的地方，是我們覺得它很噁心。

我說的是對的，妳也知道。我沒說錯，雖然那些女生都譏笑我，妳也笑我。

將容器完全密封之後，我用水沖了一下容器表面，然後全部放進冷凍庫。我拿了幾包冷凍蔬菜蓋在上面，再將製冰盒移到前面擋住。

接著我就上床睡覺。明天是六年級的最後一天。

早上趁我媽沖澡的時候，我將結凍的塑膠容器疊放在保冷便當袋裡，再將便當袋放進背包最下層。我的胃在抽痛，但是心裡很踏實，好久沒有這麼確定的感覺。我甚至有那麼一會兒，不再聽到腦中不斷迴盪的可怕聲音。「碰——啪——」

我跟我媽說班導師邀同學一起幫忙打掃教室，拜託她早點送我去學校。媽媽什麼都沒問。就算到學校時看到停車位幾乎全空，她也沒有多問。

她相信我，我想。還是相信我，雖然我早就辜負了她的信任。

也許長大就是這麼回事。也許在人生裡，你和其他人之間的空間會變得越來越大，大到可以塞滿各式各樣的謊言。

走廊裡空無一人。一個學生都沒有的走廊，看起來完全不像在一所真的中學，比較像是搭起來的電影場景。我想像這就是未來，所有人都消失了，而我是世界上唯一活下來的人。地球上有巨大的昆蟲縱橫肆虐，牠們隨時可能出現在走廊盡頭的雙扇門外，牠們會進來將我生吞活剝，而我的生命就此結束。

我感覺肩上沉甸甸的，那是我要給妳的訊息。我朝置物櫃走去。

錯得離譜

輪我報告的那節課的下課的鈴響起時，杜頓老師說：「蘇希，妳留下來幾分鐘。」我點點頭，但沒有抬起頭來，只是一直盯著課桌。班上的其他同學收拾書包，一邊嘰嘰喳喳的閒聊，一邊走出教室到走廊上，好像我從來不曾上臺做那個愚蠢的口頭報告。

賈斯汀走過我的座位旁邊時，靜靜的在我桌上放了一張筆記紙。紙上布滿潦草的素描，畫的全都是水母，其中一些看起來像是我剛剛展示的水母圖片的粗略版。

等到其他同學都離開，杜頓老師喊我：「蘇希？」

我一語不發。

「蘇希。」她說，等著我抬起頭來看她。「妳的報告做得很棒，我看得出來妳花了很多心思。一般口頭報告我很少給A，但這次我要給妳A，妳的報告值得這麼高的成績。」

我低頭看賈斯汀的素描，雖然是隨手亂畫，但老實說還滿精確的。

「妳也知道，蘇希，」杜頓老師說：「我都在教室裡吃午餐，歡迎妳一起來。如果妳想找人聊聊，我一直都在。」

這讓我想到那位「你可以和他講講話」的長腿醫生，但是我寧可不要去。我想要坐下來聊聊的對象其實是詹米，詹米來的話，我就知道要講什麼。

「或者我們可以坐下來吃飯就好。」杜頓老師說：「不一定要講話，好嗎？」

我點頭，但始終低著頭。如果我抬頭看老師，可能又會哭出來。

「蘇希，要為自己的表現自豪。」她說：「妳今天的報告非常精采。」

接著我走出教室到了走廊，想著這又是另一件我不理解的事：為什麼這麼認真的做一份報告，甚至獲得A，但走出來時卻覺得自己好像做錯了什麼事呢？

就好像，妳，妳本人就是個離譜的錯誤。

錯得更離譜

我走到第六〇五號置物櫃，是妳的置物櫃。我打開保冷袋。這是給妳的訊息，妳會懂的。

容器裡頭還是凍著的，但是外圍已經開始融化。太棒了，碟形冰塊一下就從塑膠容器裡滑出來。

每個置物櫃門上都有向斜上開口的透氣孔，碟形冰塊的大小剛好適合從透氣孔滑進櫃子裡。我開始將一片又一片的冰塊從透氣孔塞進妳的置物櫃，動作很快，心中卻很平靜。

胃抽痛得厲害，但我置之不理。我不知道，如果我能想出任何不一樣的訊息，如果有什麼我能早一點做的，讓我此刻可以和妳一起坐在校車上，不用在這裡將結凍的尿液冰塊塞進妳的置物櫃，當下的一切會不會有什麼不一樣。

我聽到冰塊撞在置物櫃背板上的喀蹬聲，好像有人落在某種柔軟物體上時發出的悶響。

記得不久之前，我才在妳的置物櫃裡塞進加注了「永遠的好朋友」、「非本人勿看」和寫了我們的暱稱「爆炸頭小姐」和「草莓女孩」的紙條。但我這次要傳遞的訊息很不一樣。

妳不應該嘲笑我。妳不應該說我很奇怪。妳不應該朝我吐口水。

可是我想要妳知道：我不是要報復。我在做的，是妳拜託我做的事；我在做的，是試著讓妳去聽，讓妳終於可以真正的去聽；我在做的，是在妳完全消失之前，試著拯救我們兩個。

妳一開始會很驚嚇。妳會抬起頭，直直看著我，好像在說，妳到底做了什麼？

我會望著妳，很用力的盯著妳。然後我會用我的雙眼告訴妳：妳告訴過我，要提醒妳，而且動作要大一點。

然後妳就會明白過來：我的動作很大，因為我不得不這麼做。

我的動作很大，因為是妳要我這麼做的。

我的動作很大，因為時候到了。是時候找回從前的妳，找回從前的我們。

就是在這時候，妳的表情會開始變化，妳的眼神會說，我真的傷得妳這麼深嗎？

我的雙眼會告訴妳，真的。

妳的眼神會說，我明白了。

接著妳的眼神會說，對不起。

然後我們就扯平了。我們可以重新開始。

我想像著碟形冰塊掠過妳掛在櫃門內側的裝飾——從雜誌上剪下的貓咪圖片、波卡圓點的磁吸式化妝鏡和新朋友的照片，最後落在波士頓紅襪的粉紅色運動衫上。妳掛在櫃門內側的原本是我們兩個在六旗主題樂園的合照，某一天就這樣被妳新朋友的照片取代。一想到妳換上的新照片，我更用力的將冰塊往櫃子裡面塞。

等放完最後一個冰塊，我撈起所有空的塑膠容器和蓋子，一股腦兒塞進保冷袋裡。我把保冷袋帶進女廁，丟在垃圾桶裡，再用一堆揉皺的紙巾蓋住。

然後我走到洗手臺旁洗手。

當我站在那裡，在鏡子前面，我才意識到其他感覺：我的後頸部肌肉不斷跳動，其中一隻眼皮抽搐。我抓住洗手臺邊緣，試著看向鏡子，但是一切都變得模糊不清。不管這是什麼感覺，我只想逃跑，可是我的兩腿根本不聽使喚。我跌坐在地板上。

四十分鐘之內，走廊上會擠滿學生。冰塊會融化，妳的置物櫃裡會氾濫成災。

毒液

詹米，我們都了解，生物不會因為有毒就成了壞蛋。牠們的毒液是為了自保。越脆弱的生物越需要自保。所以一種生物的毒液越多，我們就更應該原諒牠們，因為牠們才最需要毒液。

而且，說真的，水母連一根骨頭都沒有，還有什麼動物能比牠們更脆弱？

我想你是明白的，我只是想讓你知道我也明白。

希望我們能坐下來聊聊這些事，關於水母螫人、毒液、開始和結束，和所有其他人似乎完全不理解的生物。

看我

看到妳朝我走近的時候，我正站在自己的置物櫃前面。當時我的心跳比較穩定了，那種冰冷黏膩、不斷冒汗的感覺已經不見，只剩下胃裡還持續翻攪。

等妳走到妳的置物櫃前，我關上我的，然後朝自己班級的教室走去。我邊走邊數秒。我不回頭看妳，還不到時候，但我知道妳會做什麼：轉動密碼鎖上的號碼盤，拉起置物櫃的門把，接著伸手到櫃子裡。

我聽到騷動聲的時候，也未回過頭。

有人尖叫：「好噁！」然後我聽到其他同學的聲音：「嘔！」和「尿！是尿！」「老天，有人在她的置物櫃裡尿尿！」

我聽到笑聲。我聽到同學跑過來看熱鬧的腳步聲。我感覺到混亂，感覺到那裡有一股能量，它幾乎是有形狀、體積和重量的，如果我轉身，甚至可以伸手碰到。

我將注意力放在吸進肺裡和吐出來的空氣上。

有人說：「我去辦公室報告老師。」我聽到跑開的腳步聲。

我站在班級教室的門口，慢慢的、小心翼翼的整理我的書。一直等到人群散開，我才抬起頭來。

妳縮著肩膀，好像塌陷進自己的身體裡，我想。妳哭了，但我腦中的念頭感覺格外陌生。芙蘭妮在哭。

現在妳得看我。為了要讓訊息發揮作用，為了讓妳明白，妳必須看我。

鈴聲響起。同學們魚貫繞過我走進教室，他們還在笑。

導師叫大家坐好，但是我還在門口逗留。

看我，我想。

老師說：「蘇珊娜．史萬森，請過來加入大家。」

教室門邊有一個削鉛筆機。我將手伸進包包裡，掏出一枝鉛筆，將它插進削鉛筆機，慢慢的轉起把手。

學校的祕書霍爾女士帶著塑膠袋朝妳走去。妳把自己的東西放進塑膠袋裡，一次一件。妳的雙肩劇烈的抖動。

導師要大家開始清空自己的課桌抽屜。我繼續轉著削鉛筆機的把手。

看、我。

妳和霍爾女士朝辦公室走去，她沒有要幫妳提任何一個袋子。妳每跨一步，就離我越遠。如果妳不趕快回頭，妳根本沒辦法看到我的眼睛。

妳們走到牆角一起轉彎。

然後妳就消失了。

我沒想到，這個畫面就是我在地球上最後一次看到妳。我怎麼想得到呢？

當時我唯一想到的就是：妳沒有看我。

我終於明白，這對妳來說不是新的開始，而是截然不同的意義。

有點像是結束。

我得先用一手扶著牆讓自己站穩，才能轉身走進教室，班上同學正從抽屜裡搬出一大疊紙張。導師說如果全班都能很快整理好座位，大家就可以用清出來的廢紙玩射紙飛機大賽了。所有人都歡呼起來，除了我以外。

我什麼都感覺不到。

六年級最後幾個毫無意義的小時裡，當同學在教室裡跑來跑去互丟紙飛機，當我獨自坐著度過期末野餐，當校車駛出停車場，而糟糕透頂的一學年進入尾聲，在我身旁只有空無。

一段時間之後，我才又感覺到了什麼。

一段時間之後，我走進浴室，在馬桶上坐下，在內褲上發現一點血跡。是意外。我看到的時候，只覺得羞愧難當。刺眼的殷紅就像是警訊。或者是控訴。

授粉

我上臺報告完以後，每次只要我經過走廊，同學就用手摀著嘴假咳一聲：「梅杜莎！」那堂課結束之後的整天，他們都這麼做，然後等到我隔天早上來上學，他們故態復萌，似乎想向我證明絕不會一天就結束。

這只是其中一個原因，讓我決定午餐時間去找杜頓老師。

我站在門口，清了清喉嚨。

「嗨。」她說，臉色一亮，「是蘇希。請進。」

她搬了另一張椅子到辦公桌旁，拍了拍座椅示意。「最近好嗎？」她在我坐下的時候問。

我看著她的鞋子。是一雙褐色皮靴，後跟上方有流蘇垂下。它們看起來很耐穿、很有冒險的感覺——是可以真的將一個人帶往某處的靴子。我想像教室外面的走廊是沙漠，裡面擠滿穿卡其裝的敵人，而杜頓老師為了拯救世界，在嚴苛的環境裡出生入死。

「蘇希，妳是很棒的學生。」她說：「但是我很擔心妳。我和去年教過妳的幾個老師聊了一下，聽說妳過去這一年的行為有些改變。改變很正常，每個人都會變。但是我想要確定妳沒事。妳還好嗎？」

我還是盯著她的靴子。我點點頭。

「那就好。」她說，聽起來好像不怎麼相信我的回答。「很高興知道妳還好。」

經過很長一段靜默，老師決定改變話題。「妳似乎很喜歡科學，我說得對嗎？」

我思考了一下。她給我們看的很多東西，還有我自己在網路上查到的東西，我都喜歡。我喜歡宇宙中週而復始的現象，喜歡太陽系可以像原子，或是山脈從外太空看起來就像是一片覆滿霜的蕨葉。我喜歡夏天的時候，每個月都有三十億隻小蟲飛過我的頭頂，或是一英寸厚的泥土裡，可能藏著幾百萬隻分屬數千個不同物種的生物。

這些東西讓我覺得，我可以這輩子都待在同一個地方，但是永遠能發現新事物。我喜歡還有這麼多未知的事物等著我去認識。

可是，有時候研究科學也會發現一些比較恐怖的事情。我不喜歡去想獵食者和獵物，或是兔子在狐狸嘴裡掙扎的情景。我不喜歡躺在床上，想著雖然沒有人想出光速旅行的方法，但就算我們可以，人類還是不可能抵達四百六十億光年之外的宇宙邊界，因為這個時間是全宇宙最古老生物歲數的三倍。更糟糕的是，宇宙擴張的速度太快，等到我們抵達現在認知的宇宙邊緣，宇宙已經變得無比巨大，大到再也沒有人可以到達它的邊緣。

不管我們怎麼努力，都會永遠被卡在中間，一個其實哪裡都不是的地方。

我不喜歡想到自己身在一個暗淡的藍色小點上，周圍只有虛無，四面八方都只有不斷擴張的虛無。

「蘇希，我想給妳看一些東西。」杜頓老師說。

她在鍵盤上輸入幾個字，將螢幕轉到朝我的方向，然後打開一段影片。

「我昨天晚上看到的，或許妳會喜歡。」

她按下播放，然後挑出幾份作業開始批閱。我喜歡她讓我獨處的方式。

影片一開始，只有一個男士在講臺上對一群人講話。男士講話有點含糊，他在解釋授粉，他稱之為「大自然繁衍的方法」。

接著在我前面的螢幕上，出現了以縮時攝影拍攝一朵花綻放的影像。花朵的外層花瓣很精巧，綻放開來後，露出有著紫色條紋的細刺狀內層花瓣。

這是好的那種爆發，我想。「發」這個字有很多不同的意思，水母潮爆發可能很嚇人，但是有些爆發，像花苞盛放，就很美麗。

有人出現在杜頓老師的自然科教室門口。是賈斯汀。

「老師？」他說。他瞄了我一眼，「哦。嗨，貝兒。」

我忙著注意看眼前的影片，甚至沒空為了他叫錯名字擺臉色給他看。

埋首辦公桌的杜頓老師抬起頭。「啊，馬隆尼先生。你的參考文獻整理好了嗎？」

「做好了。」他說，有一點畏縮。他交給老師一份文件。

老師檢查了一遍，然後點點頭。「謝謝你，我會放進你的報告裡。但我希望下次是和報告同時交來，書目是很重要的一部分。好嗎？」

他點點頭，轉身準備離開。這時他發問了：「貝兒，妳在看啥？」

「噓！」我朝他發出噓聲。貝兒，又是那個名字。我繼續盯著電腦螢幕。

在慢動作的畫面裡，一隻蜜蜂從花朵上面飛起，好像剛起飛的飛機。牠和一群蜜蜂聚在一起，牠們的翅膀一起振動的時候，彷彿一百萬下心跳同時響起。

「哇塞！」賈斯汀說。

「想看就拉張椅子過來吧。」杜頓老師說。我皺了皺眉。但是賈斯汀要嘛沒注意，要嘛不想理，他將一張椅子拉過來。

他坐下的時候，影片剛好播到一群蝙蝠在夜間飛越沙漠。月光照射下，牠們的雙翼骨架依稀可見。

賈斯汀吹了聲口哨，然後問：「說真的，這是什麼？」

我不知道。在我看來，是世界上所有美麗的事物。

接著在我們眼前的螢幕上，出現了大約一百萬隻帝王蝶，牠們以慢動作在空中翩翩飛舞。看著蝴蝶飛動，金黃的雙翅和藍天形成鮮明對比，還有翅膀一開一合的動作，我心裡有什麼似乎裂成了兩半。

蝴蝶的片段結束之後，賈斯汀問：「嘿，可以倒轉到蝙蝠那一段嗎？」

我們重看了一遍。

「真希望世界永遠都長這個樣子。」他喃喃自語。

原本在批改作業的杜頓老師抬起頭。「世界一直長這樣。」她說。

我們反覆看了好幾遍影片，直到午休時間結束的鈴聲響起，該去上數學課了。

要步入走廊的時候，賈斯汀說：「貝兒，謝謝妳讓我一起看。影片很酷。」

貝兒。這是他第三次叫我這個名字。我不知道他為什麼要幫我取綽號，或者他為什麼選了這個名字，但是我受夠了。

我停下腳步，雙手扠腰。

「是牠們全身最大的一塊，對吧？」他問：「像鐘[12]一樣？」

我瞪著賈斯汀。他將揹在一肩上的背包換到另一肩上，牽動嘴角擠出半絲微笑。

我忽然想通了，他是在講水母。水母那塊會像心臟一樣收縮的圓形鐘狀體——是水母全身上下唯一可以讓你伸手觸碰，卻不會被螫中毒的部分。

「我對梅杜莎沒什麼興趣。」他說：「滿頭的蛇髮好可怕哦。」他假裝打了一下冷顫。

「但是貝兒這個名字還不賴，妳不覺得嗎？」

我想，賈斯汀不打算叫我梅杜莎，他是想告訴我這個。記得他最近才因為把字典從英文科教室窗戶丟出去而被留校查看，我想他也許本性沒那麼壞。

之後走向數學科教室的路上，我們都很安靜，但是是最美好的那種安靜。是不講話的那種，幾乎沒什麼人能夠理解的安靜。

---

12 譯注：鐘（bell）和貝兒（Belle）發音相同。

最糟糕的一種安靜

在我試圖傳訊息給妳卻以失敗告終，只落得讓妳的東西全都泡在尿裡之後，我等著電話響起。電話一定會響，而且不會是什麼好事。

我不知道打電話來的會是誰。也許是校長，也許是不想幫妳拿袋子的霍爾女士，也許是妳媽媽。

妳媽媽。她會是在妳哭的時候抱抱妳、幫妳洗溼衣服的人。

也許根本不會是一通電話。也許會像電視上演的，他們會派警察到我家來，幫我戴上手銬之後領我走出門。

我什麼都不能做，只能等待。

當我媽走進我房間問：「要不要出門吃晚餐？慶祝一下學年結束？」我想，媽，妳知道以後一定會氣瘋。

我會試著解釋，試著讓她明白，但我已經知道她不會懂。如果連妳，這個最開始拜託我傳祕密訊息給妳的人都不懂，其他人又怎麼可能會明白？
就連我自己，也不再明白。

安靜的兩天

安靜的一天已經夠長了，安靜的兩天根本令人難以忍受。

我告訴自己，他們很可能在蒐集證據。

我的意思是，妳一定知道是我。妳可能不懂我的意思，但是不知道為什麼，我很確定，妳會知道是我做的。

所以大家都去哪了？

電話不曾響起，門鈴不曾響起，我媽看到我還是笑容滿面，就好像什麼事都沒有，一切如常。

要是日子可以就這樣過下去，該有多好。

更漫長的安靜

四天過去了，我終於開始想像其他的可能性。

也許妳在等著和我說話。

也許妳在計畫要回傳訊息給我。

或許妳知道，畢竟妳一直保持沉默才是最糟糕、最嚴重的事。

於是我開始明白，電話不會響起，不會有人找上門來。今天不會，明天不會，後天也不會。

我不知道下次和妳見面的時候，我會說什麼。

我做過的事懸在我們之間，它靜默無聲的擺盪，像是還沒說完的一句話。

我不想提起的事

我不想提起，六年級結束的六十七天之後，七年級開學的四天之前，在麻薩諸塞州南葛洛夫的聖瑪利亞聖公會教堂，發生了什麼事。

我不想提起那天有多麼溼熱、多麼擁擠，還有我和媽媽早早抵達，卻因為已經擠了太多人，連位置都找不到。我不想去記起就算和所有人摩肩擦踵的擠在教堂入口，而且空氣悶得像濃湯，還是得努力試著呼吸的情景。

我悄聲問我媽：「這些人是誰？」她悄悄回答：「小孩子的告別式比較不一樣。」我本來想提醒她並沒有真的回答我的問題，但我馬上就注意到她的嘴角有多僵硬，唇邊出現了緊繃的線條。

所以我不想提起，就像我也不想提起管風琴低沉單調的樂聲有多麼緩慢哀傷，我幾乎等到整首都快演奏完才聽出來是〈彩虹之上〉。我也不想提起自己低頭看著手裡的流程表（哪來的？是誰在什麼時候遞給我的？）然後看到妳的照片。妳站在海灘上，微瞇著眼望向大海，泳裝的肩帶深陷在妳布滿晒斑的肩上。

（妳新剪了髮尾向內捲的侍童頭，我心想：正點。但我立刻想到「正點」是妳愛用的字眼，肚子便一陣抽搐。）

妳的照片下面有一行小字：最後一張照片，攝於八月十九日。那時候我們才知道，那天就是妳離開人間的日子。

把這張照片放在流程表上給大家看，簡直殘酷得讓人難以想像。

我認出了一些人，像是學校的輔導員，還有杜頓老師，妳連她的一堂課都未曾上過，卻再也沒有機會了。我看到妳家隔壁的鄰居，那位早在我們出生之前就守寡，有時會讓我們在她家游泳池游泳的女士。還有我爸爸，看到他也出現讓我很驚訝，穿著深色西裝的他站在亞倫和羅科旁，我幾乎認不出來。我看到校長，還有妳的琳達姨婆，我們都叫她「架子屁股」，因為她的屁股大到可以放一杯牛奶在上面也不會掉下來。

靠我近一點的地方，我看到兩個女生坐在後方其中一排長條座椅上，她們垂頭縮肩，頭髮向後綁成乾淨的馬尾。那是奧布芮和莫麗，她們的肩膀不停抖動，我看得出來她們在哭。

有一件事你可能不知道：有時候，一個人在告別式上感受到的是厭惡。我是認真的，當時的我討厭這些女生，討厭她們可以坐在長椅上，討厭她們不會被自己亂蓬蓬的頭髮尾端搔過頸背，討厭她們竟然出現在現場。最重要的是，我討厭看到她們哭，討厭她們竟然覺得和妳親密到要為妳哭泣，而我能做的卻只是站在那裡，渾身僵硬、胃裡不停翻攪。就好像她們泣不成聲而我哭不出來，都是證據：證明妳離開我是對的，我從來就不值得擁有妳這個朋友。

不，我一點都不想提起這些事。現在不想，以後也不想。

但是我會告訴你三件事。

第一：教堂裡躁動不已。每個人都很努力的想要坐定、坐直，但問題是，他們辦不到。他們拿起流程表當扇子搧，不時抹一下眼睛，背部拱起又垂下，有時候還會抖動雙肩。整個教堂裡充滿窸窣挪動、擤鼻子、嘆息和哭泣的聲音，動作多到幾乎令我發昏。我意識到，教堂裡唯一的例外是擺在前面的那個箱子，完全靜止不動。

而妳就在那個箱子裡：完美而沉靜，妳十二歲，從今以後永遠是十二歲。

第二：兩隻鳥在大樑上跳躍。我發誓，我是教堂裡唯一看到牠們的人。所有人都看向前面、低著頭或相互倚靠。但是只要他們抬頭，就會看到兩隻深色鳥兒正拍著雙翅、蹦上跳下。

最後：告別式結束之後，男人們用推車將裝著妳的箱子推出去，妳媽媽眼神狂亂、跌跌撞撞的跟在後面，而我站在教室外面，看著所有陌生和不陌生的人們魚貫走出，我唯一想做的是放聲大喊。我想要喊出來：我討厭你們。我討厭你們全部。我討厭的不只是那些難過哭泣的同學，因為再怎麼說，妳從來就不屬於她們，她們卻獨攬傷心的權利。我也討厭那些大人，因為他們不曾試著解決這樣的問題，不曾讓情況變得更好。我討厭所有人就這樣放棄。

問題就出在這裡。所有的人都放棄了。

除了我以外。不管是在我抱抱爸爸和他道別的時候，在亞倫和羅科朝我走來，亞倫抱著我很久的時候，或在我和媽媽一起靜靜的走向她的車子的時候，我都沒有放棄。在我看著擋風玻璃上的灰塵，還有後照鏡上倒映的警告標誌「物體實際距離比鏡中所見距離更近」，我也沒有放棄。

雖然一切似乎該告一段落，我們也應該繼續過我們的日子。

但是我很確定：我不會跟其他人一樣，接受事情就這麼發生。

實際上比看起來更近

「蘇。」媽媽的聲音聽起來好像來自完全不同的世界。我感覺到她的手搭在我的肩上，有那麼一會兒，我在水中移動，而她和我離得不可思議的近。

接著我張開眼睛，看看四周。

是我的房間。

是作夢。我作夢了，我剛剛夢到詹米。

「蘇，妳怎麼還在床上？我四十分鐘前就叫妳起床了！」

我眨了眨眼。媽媽已經換好上班穿的衣服，但是頭髮還亂糟糟的。

我媽一把將被子掀開，我將自己捲成一顆球。我什麼都不想做，只想回到剛剛的夢境。

「好了，蘇。」媽堅持，「妳知道我今天沒空載妳去學校。都過了這麼久，我還以為妳已經準備好要出門了。」

我呻吟一聲，坐了起來。

「去梳頭跟刷牙，動作快。」她說。

我一邊梳洗，一邊努力回想夢境裡的一點一滴。

媽叫醒我的時候，我正在水裡，看著詹米的實驗室。他的實驗室白得刺眼，就浮在水面上，不是像海生館那樣建在水邊，而是浮在水面正中央，周圍全是亮藍色的海水。

我必須游過去才能找到詹米。他朝我微笑，似乎知道我是誰，也知道我為什麼在那裡。他看起來就好像在說「妳還不過來嗎」。

我知道環繞實驗室的海水裡，全都是伊魯坎吉水母。我也搞不清楚自己為什麼知道，但我就是知道。

無論如何，我還是彎身下水，開始朝詹米游去。

在我游近的時候，詹米向我伸出手。這時候我看見一隻伊魯坎吉水母，和我之間只離了幾毫米。

我正要伸手碰著詹米，但也等於伸出手給水母螫。我不知道哪件事會先發生。

在那一刻，我即將領悟什麼——某件重要的事。

但我聽到廚房抽屜「唰」一聲猛然拉開，和餐具相碰發出的鏗鏘聲。「蘇，出門了！」我媽的叫聲從廚房傳來。

聽著她製造出的那麼多噪音，我真的很難專心思考。夢裡那件重要的事到底是什麼？

我走進廚房的時候，我媽正在吐司上用力抹奶油。「妳得在校車上吃早餐了。」她說。我注意到她穿了兩隻不成對的鞋子。

我指著她的腳。她愣了一會兒，才意識到我要告訴她什麼，然後咕噥著：「哦，我的老天。」她將吐司塞給我，「拿著。」她邊說邊瞄時鐘，接著衝回她的臥室。我可以聽到她在衣櫃裡東翻西找，等她終於現身，手裡拿的卻是完全不同的一雙鞋子。「課本都帶了嗎？」

我點頭。

媽催著我出門，自己緊跟在後。她赤腳上車，鞋子還拎在手上。她從車道倒車出來之後，搖下車窗對我喊：「祝今天一切順利！」校車搖搖晃晃的朝我駛來。

我討厭必須上學這件事。我討厭被困在那裡，被困在七年級，被困在南葛洛夫，在這個永遠沒辦法挽回任何事的地方。

在這時候，我領悟了。

不管夢裡接下來要發生什麼事——不管是我連絡詹米或被水母螫，都好過原地不動。原地不動是最糟糕的情況，等待、無法得知和害怕——都比任何將要發生的事更糟糕。

甚至，比被水母螫傷還糟糕。

也許沒有那麼瘋狂，我忽然想通。也許我應該去找詹米。
我是認真的，為什麼不呢？

布莉琪·布朗

幾年前的一個夏天，三個孩子在佛羅里達州的傑克森維爾搭上飛機。他們一直飛到田納西州的納許維爾，沒有任何大人陪同。

我是在《早安美國》晨間新聞看到的報導，但當時事情已經結束了。十五歲的布莉琪·布朗存下當保姆賺來的七百美元，她問十一歲的弟弟寇迪和十三歲的鄰居男孩巴比想去哪裡玩。巴比提議去納許維爾，他想去多萊塢主題樂園[13]，那裡的園區很大，有雲霄飛車和蒸汽火車。

布莉琪、寇迪和巴比搭計程車到機場。他們在櫃臺買了機票，然後坐飛機到距離傑克森維爾五百零一英里的納許維爾，大約是兩百六十四萬又五千兩百八十英尺，或三千兩百萬英寸。沒有人跟他們要身分證件，也沒有人攔阻他們。

事實上，拿機票給他們的男人甚至叫他們最好動作快一點，以免錯過班機。

如果他們事先研究過或做過任何規畫，他們就會知道應該要搭飛機到諾克斯維爾，不是納許維爾。因為多萊塢樂園距離諾克斯維爾只有三十八英里，可是和納許維爾的距離卻是整整兩百英里。

飛機降落之後，他們發現剩下的錢不夠搭車到遊樂園。

我想像他們在機場裡，一邊計算僅有的錢，一邊努力避免引起其他人注意。我在想，不知道他們待在機場裡想了多久該怎麼辦。

最後，他們打電話給自己的爸媽，然後搭飛機回家。

十五歲的布莉琪．布朗的問題在於：她不知道怎麼去計畫。如果她看過地圖，計算過有多少錢，查過計程車車資的平均價位、公路路線及交通狀況，他們可能會辦到的。

他們有可能順利抵達多萊塢。

還有其他兒童自己搭飛機的紀錄，有不少案例都和這則類似。但是布莉琪的故事讓我印象最深刻的一點是：她沒有違反任何規則，她做的一切完全合法。

超過十二歲的兒童按規定可以獨自搭機。

我查了資料以便確認，結果是真的。若去看所有關於布莉琪的新聞報導，裡頭一定會出

13 譯注：由美國女歌手桃莉·巴頓出資所建，園區充滿美國鄉村風情。

現一句類似這樣的話：航空公司政策載明，年滿十二歲以上的旅客只要持有效登機證，可以在沒有成人監護的情況下搭機。

意思就是你想去哪裡都可以。只需要完善的計畫、目的地和足夠讓你到那裡的錢，還有很多次深呼吸，以免因為太緊張而抓狂。

你可以就這樣搭上飛機，然後消失不見。

最後期限

那天在學校裡，走廊上貼出了告示：

冬季化妝舞會

二月十日
投票選出你最喜歡的主題
候選主題包括：

午夜巴黎・熱帶天堂・
英雄與惡棍・好萊塢之夜

請至總辦公室投票，
每位同學可投一票。

呃，我心想。學校的舞會。

我已經可以想像，我媽如果知道舞會的事，會說什麼了。

去嘛，她會說。妳應該去的，可能很好玩啊。

我又看了一次告示，然後注意到日期：二月十日。很快就到了。

我就在這時候決定了三件事：

一、我不會去投票。

二、我不會去參加舞會。

三、二月十日那天我不會在國內。

我到這時候終於下定決心。我真的得完成：我要想辦法到澳洲。

而且我訂下了最後期限。

立刻平靜下來

說來也很有趣，沒想到決定要去澳洲之後，我竟然馬上就覺得好多了。心情立刻平靜下來，全身也忽然放鬆了。一切都沒有改變，但一切也都不再一樣。

我已經計畫好，準備要出發了。

彷彿有人將門推開一點縫隙，讓一絲光線灑了進來。只要想到另一邊有光，就覺得周圍那些一直喊我梅杜莎和討論舞會的同學沒那麼難相處了。

我現在要做的，就是把該做的事按部就班處理好——拿到我需要的錢，再買一張機票去找詹米。然後一切都會變得不同，我會找到懂我的人。

*

我還是每天去杜頓老師的自然科教室吃午餐。賈斯汀常常和我一起。「來這裡好過待在學生餐廳。」他某次說道，那是他對於為什麼出現在這裡的唯一解釋。

杜頓老師似乎從不介意賈斯汀將餅乾屑灑得教室各處，也不介意我頂多以聳肩來回應任何問話。賈斯汀叫我貝兒的時候，她從來不會停下來問為什麼。一切順其自然。就好像她相信我們。相信如果她給我們這個空間，我們就會一切安好。

她常準備一些有趣的東西給我們看。比如她會拿出一本書，說她覺得我們可能會有興趣翻一翻，那可能是在深海拍攝的照片集，或是顯微鏡影像的圖輯；威力無比的顯微鏡讓一根人類毛髮，看起來卻像聳立在地球上的加州紅木[14]。有一天，她給我們看一段影片，裡面的科學家描述他認為「最令人震驚的事實」是：所有的生物都是由墜落星體的原子構成，也就是說星星本身就在我們的身體裡。

我們是由星塵構成的。

這讓我想到杜頓老師曾經告訴過我們，在世界上來來去去的所有人身上，都有一些曾經構成莎士比亞的原子。

莎拉敲了敲門。「霍爾女士要我帶這個來給您。」她說，並遞給杜頓老師一張紙。接著她注意到我和賈斯汀。

「抱歉打擾了。」她悄聲說。

杜頓老師接過那張紙。「莎拉，謝謝妳。」她微笑。

莎拉轉身要離開，她在門口停下腳步。「是的。」影片裡的太空人在說：「是的，我們是宇宙的一部分，我們在這個宇宙之內，但比以上兩個事實更重要的，也許是宇宙在我們之內。」

莎拉在門口逗留，她的視線越過我們的肩膀落在電腦螢幕上。杜頓老師對她說：「莎拉，找位置坐下來一起看吧。」

莎拉瞄了一眼我和賈斯汀，我感覺得出來她想留下。

我皺了皺眉，莎拉一定注意到了。

「嗯，我想不用了。」她說。她退了出去。

很好，我想。我現在最不需要的，就是又來一個人擠進我的生活。尤其是在我準備離開的時候。

14 譯注：為全世界最高大的針葉樹樹種之一，樹高可達一百多公尺，分布於加州北部近海區。

如何計畫逃離

如果你想去澳洲，去鄰近大堡礁的凱恩斯，去回答一個不曾有人提出的問題，你需要不小的一筆錢。

光是單程機票就超過一千美元，我得刷信用卡。

我沒有信用卡，但是我爸媽都有。剛好每週六在明宮一起吃晚餐的時候，我爸爸都會用一張亮藍色的信用卡付帳。

每次晚餐的過程都一樣。週六聚會的夜晚有某種韻律：炒麵、飲料、熱湯，煮好的食物滋滋作響，窗戶玻璃上的霓虹燈招牌閃爍著「中式料理，營業中」的字樣。我們用餐完畢，服務生在餐桌上放下帳單，爸爸照例將信用卡放在桌上，然後起身去廁所，將沾在手上的蛋花洗掉。

每週在明宮的晚餐時間都是這樣度過，幾乎像是浪花沖刷海岸，也許有人注意，也許沒有人。

我注意到了。

＊

我花了幾個星期特別留意，然後在某一次爸爸離桌的時候拿起了信用卡。我在拿起來之後開始讀秒，看看服務生多久之後會過來。

一、二、三、四……我一直數到四十一。

接下來幾個星期，我又試著計算時間。有時候我和信用卡獨處的時間甚至會拉得更長——可能九十一秒、八十三秒或是一百二十三秒。

十二月的某一晚，我帶了一張粉紅色的索引卡去餐館。爸爸離開的時候，我就開始抄下在信用卡上看到的資料。

隔週的週六晚上，我又帶了同一張索引卡出門。

我一共花了四次晚餐的時間才抄完所有資料，那時候都已經要過新年了。我將爸爸信用卡上所有字樣，包括數字和字母，全都抄了下來。我甚至抄了卡片左上方的字眼：「追尋和自由」，我想這可能是我的英文老師會稱為矛盾修辭的字詞，因為如果有人在追你，你就不可能真正獲得自由。

但換個方式想，也許這不是矛盾修辭。也許我正在做的，其實就是在追尋某種自由。

我將卡上的圖樣也畫下來：組成類似圓圈的四個梯形，是「追尋自由」信用卡的商標。我還抄了有效日期，和卡片上爸爸的簽名字跡：詹姆斯．史萬森。

卡片背面的所有資訊我也都寫下來了，包括那些看起來不重要的字句，例如使用本卡應遵行卡友約定的聲明，以及二十四小時客服的電話號碼。我甚至畫下那個變換拿卡方式就會忽而出現、忽而消失的閃亮亮老鷹圖案。保證萬無一失。

等爸爸回座位的時候，我早就將索引卡藏回口袋裡。所以到了一月，我就全都抄好了。我的粉紅色索引卡，可說精確複製了爸爸那張亮藍色的塑膠卡。

那天晚上回家之後，我將索引卡塞進放襪子那層抽屜的最深處。

我沒有去想自己是在做對的事或錯的事，爸爸之後就會懂的。在我證明需要證明的事情之後，只要我有機會解釋一切，他就會懂的。

備用現金

要去鄰近大堡礁的澳洲昆士蘭州，我還需要另一樣東西。我需要現金。只有我爸的信用卡還不夠，我需要現金付給計程車司機跟買食物。去住旅館的時候，我想最好也用現金付帳，這樣爸媽會比較難找到我。

在我還沒得到我要的答案之前，我不希望被任何人找到。

有幾個方法可以取得現金。首先，我將小豬撲滿砸碎。過去幾年來，我陸陸續續丟了不少銅板進去——在家裡撿到的零錢，還有媽媽想到要給我、或我想到要跟媽媽拿的一週五美元零用錢。

班上同學會把錢花在購物中心買東西，或是跟朋友去看電影。可是我不喜歡購物中心，也沒有朋友可以一起去看電影。

我數了所有的五美元鈔票、皺巴巴的一美元鈔票和銅板。結果讓我滿驚訝的，因為我發現自己存了兩百八十三塊又六十二分美元。算是不小的一筆錢，但是還不夠。

我需要更多錢，於是我從我媽下手。

每週我都從她的皮夾裡拿走一點錢。絕不多拿。如果皮夾裡有四十美元，我可能會拿走四、五美元；如果有二十一塊，我就拿三、四塊錢。如果是其他人的媽媽，可能會比較記得皮夾裡原來有多少錢，不過這是我媽。她一向不拘小節，就連帶客戶看房也常趕在最後一分鐘抵達，總是在櫥櫃和衣櫥裡東翻西找，尋覓某樣她遍尋不著的東西。

我媽從來不曾將任何事記得非常清楚。

她還是每天給我在學校餐廳買牛奶和點心的錢，雖然我現在每天午餐時間都待在杜頓老師那裡。

午餐錢、從媽媽皮夾裡拿走的錢、一些散鈔和零錢，全部加總起來，可能可以再籌到大約兩百五十美元，就看我什麼時候出發。

我希望總共能留下五百美元現金在身上，這樣我就有足夠的錢可以支付計程車費和幾頓正餐，也許還夠在不怎麼好的旅館裡住上幾晚。

很難知道之後會發生什麼事。我假設只要爸媽發現我在哪裡，他們就會伸出援手，但我並不確定。也許他們會非常生氣，氣到決定讓我在澳洲自生自滅，我就不得不自己想辦法回家。我真的想不出來他們會有什麼反應。

事實是，每次我只要想到這麼遠，我就不想再想下去。

我將留起來的錢放進一個大信封，看著信封一天天變厚。

從媽媽的皮夾拿錢讓我覺得很愧疚，有時候會讓我胃痛到必須躺平。我告訴自己，我是在做對的事。畢竟，是媽媽告訴我「有時候事情就這麼發生了」，是她從一開始就不去理解。

要是媽媽可以讓我相信，世界的運行從某方面來看還是有道理的，事情發生還是依循著某種秩序——也許我甚至不需要這麼做。

但是媽媽沒有這麼做。她只是聳了聳肩，跟我說「有時候事情就這麼發生了」，然後心想這麼做應該就夠了。

所以嚴格來說，我是不得已才拿走她的錢。

我不想要像十五歲的布莉琪·布朗一樣。

我想要做好準備。

再見了，索爾

要解剖蚯蚓那天，我和賈斯汀坐在自然科實驗室裡，盯著我們眼前的托盤。裡面有幾把解剖用的刀子，和好幾根尾端是彩色塑膠球的大頭針。還有一把放大鏡，和一小碗消毒液。在用具之間放著一個強化玻璃皿，裡面盛著一隻死蚯蚓。

我瞪著牠。賈斯汀看著我。

「妳需要我來動手切切剁剁的，對吧？」賈斯汀問。

我點頭。

「別擔心，貝兒。」他說。他拍拍我的手臂。「我來就好。」

他用鑷子夾起死蚯蚓，平放在我們前面的桌臺上。牠看起來跟我看過的任何一隻蚯蚓沒什麼不同，唯一的差別是牠躺在那裡，像一截軟弱無力的繩線。

牠讓我想到柳原安琪的老鼠，還有去年狄倫摔在樹幹上的那隻青蛙。防腐劑的氣味充斥我的鼻腔。

賈斯汀拿起一把解剖刀。他輕柔的戳了一下蚯蚓。

然後他猶豫了一會兒。

「妳知道嗎？我想啊，應該給這傢伙取個名字。」他說：「讓牠有點尊嚴。」

我喜歡這個主意。我露出微笑。

「莫宰我，怎麼樣？」他說。我做了個鬼臉，「吃土的邪惡彼得？」我搖搖頭，「索爾？」

索爾。雷神的大名配上這麼個小傢伙。我微微一笑，不過足以表達意見了。

「哦，全能的索爾。」賈斯汀說，他低頭看著蚯蚓，「你也許很微小，而且沒有腳，但你的渺小生命卻是一份偉大贈禮，讓我們更了解科學方法，還有保祐我們七年級不會被當。」

賈斯汀嘴裡唸唸有詞，同時手起刀落，從蚯蚓身體的中段切了一片下來，毫不拖泥帶水。「嘿，講到名字，貝兒不就是白雪公主的本名嗎？」

「美女。」我說。

他抬起頭，一臉驚訝。然後他咧嘴大笑。

我不確定自己為什麼決定跟賈斯汀講話，也許是因為他其實不需要我跟他講話，完全不介意只有他在自問自答，也許是因為我已經沒有什麼好損失的了——再過幾天，我就要離開了。

「很好，很好。」他說：「原來她會講話。」

「我會講話，有話要講的時候我才講。而且，是美女。」

「美女？」

「與野獸。美女的名字是貝兒。」

「哦。」他想了一下，「所以我是野獸嗎？」

我聳了聳肩。

「野獸是壞蛋，對吧？」他問。

我搖頭。「他不壞，只是會嚇到那些不了解他的人，如此而已。」

「是哦。」賈斯汀說：「聽起來滿不錯的。」

賈斯汀小心翼翼的拉開蚯蚓的表皮，露出灰色的砂囊和泛著光的生殖器官，後者看起來好像剛從罐頭裡取出來的白腎豆。我在他將蚯蚓的各部位挪來擺去的時候做筆記。

解剖蚯蚓的時候，賈斯汀的計時器響了。他不得不放下解剖刀，伸手到口袋裡取出藥錠。

我伸出手，露出掌心。

他有點遲疑。「呃，貝兒，我覺得這不是妳該吃的。」他說。

我朝他做了個鬼臉，我當然不是要吃他的什麼怪藥。他將藥放在我手上。

我翻來覆去的查看。藥錠的一側有一個六邊形，其中一邊向外延伸出來，看起來像6或9，或是幾何形的蝸牛。我把藥錠還給他。

「有什麼差別？」我問。

「差別？」

「吃藥前跟吃藥後。」

「哦。」他的眉頭深鎖。「嗯……還沒吃藥的時候，」他緩緩開口：「就好像全部的東西都同時進到腦袋裡，速度快到我很難抓住任何一樣。」

「什麼東西？」

「全部，所有東西。」他環顧實驗室，「就好像，時鐘的滴答聲、同學衣服的顏色、我在腦中列的清單、大家講話的內容、我忘記寫的作業、很硬的椅子、接下來要上體育課的事，還有我們可能會打排球，但也可能跳那個像一二三木頭人的定格舞，還有手臂癢癢的，然後外面在下雨。所有事情好像全攪和在一起，而且都很大聲。全部的念頭都很吵、很大聲，我幾乎完全分不清楚。但是我吃藥以後，雖然我不會感覺有什麼不同，但是周圍的世界卻會變得不一樣。」

他咬著嘴唇，試著進一步解釋。「所有的事情就好像……沒有那麼令人困惑了。就好像所有事物之間有了區隔，某方面來說，比較不吵了。」

他搖搖頭。「我不知道。真的很難描述。」

然後他看著手上的藥。「乾杯。」他說。他將藥錠丟進嘴裡吞下。

「就像交響樂。」我平靜的說。

「啊？」

「就像不經意聽到噪音和專心聆聽交響樂之間的差異。」我說。

「對呀。」他說，好像在自言自語。我聽得出來他很驚訝。「對呀，妳說的完全正確。」

我抬起頭的時候，他有點欽佩的望著我。我覺得有點不自在，於是只說了：「我們應該把實驗做完。」

事實上，做完解剖實驗沒有那麼糟。有趣的成分多於可怕。

實驗課結束之前，賈斯汀再次跟索爾說話。

「謝謝你，全能的索爾。」他說：「謝謝你讓我們看你的受精囊，現在願你安息。」

如何道別

二月初，學校舞會舉行的一週前，我再次坐在長腿醫生面前。

「蘇珊娜，妳今天有什麼想說的嗎？」

我搖頭。

我們靜靜坐了許久。我在腦海裡回想所有遠行需要帶的東西。

這時候幾乎所有東西我都準備好了：裝滿錢的信封袋、兩家計程車行的電話號碼，一家是凱恩斯計程車行，另一家是珊瑚海海岸巴士接駁服務。

就在前一天晚上，我才剛上網在熱帶風情汽車旅館訂了兩晚的住宿，那是我能找到最便宜的汽車旅館。

我一直在注意匯率和天氣預報（地球的另一側是夏天，白天既長又溫暖），還查了大眾交通路線圖和自助洗衣店的位置，以防待在那裡太多天，帶的換洗衣服不夠穿。

我記下一些澳洲人會用的詞彙，學到blue是打架，to make a blue是指犯了個錯，而

bluey可能代表狗、夾克、設備、紅髮的人或葡萄牙戰士。

我知道怎麼從機場去汽車旅館，還有怎麼從汽車旅館到詹米的辦公室。計畫很詳細，我甚至可以想像整件事如何進行。

我是說，我彷彿可以看見自己走下飛機，迎向澳洲暖夏之後的發展：我和詹米握手，和他一起走到海邊。我也可以想像自己打電話給爸媽，告訴他們我找到的答案。

唯一難以想像的，是實際上要怎麼離開家。

我瞄了一眼長腿醫生，她還是老樣子，雙手交疊放在腿上，雙眼愣望著前方。

「我有一個問題。」我說。都到了這個地步，眼看就要出發了，問一個問題又有什麼損失呢？

聽到我開口說話，她看起來似乎嚇了一跳，但是很快鎮定下來。她看著我，微笑起來。

「蘇珊娜，我很樂意聽妳說。」

「要怎麼……」

我猶豫著。我想知道要如何辦到，如何開始這趟旅行——怎麼樣才能走出家門，搭上飛機，拋下所有我認識的人，但又不會讓他們傷心。

再試一次。「要怎麼……」

我搖搖頭。太難解釋了。

「想問什麼就問吧，蘇珊娜，」長腿醫生說：「問什麼都可以。」

「要怎麼……說再見？」

嚴格來說，用詞不是很精確，但也許很接近了。

「哦，蘇珊娜。」長腿醫生望著我好一會兒，臉上的表情變得柔和。我發誓，從她望著我的樣子，我以為她會哭出來。「妳準備好要說再見了嗎？」

我聳了聳肩。

「已經過了多久，差不多六個月？」

「什麼六個月？」她到底在說什麼？

然後我懂了。喔，那件事。

她抿著嘴唇，搖了搖頭，溫柔的雙眼一直望著我。「說再見很重要。」她說：「說了再見可以讓我們重新開始生活。」

我在椅子上挪動了一下。她給的不算是明確的指示。

「其實沒有什麼一說見效的神奇字眼。」長腿醫生說：「要和妳愛的人說再見，沒有哪種方式是唯一正確的。最重要的是，將他們的某個部分留在心底。」

我試著想像將家人的某個部分帶在身上——唯一能想到的，就是縮小版的我媽、我爸、亞倫和羅科，比如可以放在口袋裡的迷你人偶。

「蘇珊娜，」長腿醫生接著說：「和我們關心的人一起度過的時光，到最後也許並不完美，也許會在出乎我們預料的時間點結束，或以我們想不到的方式結束，也許對方離開我們，但依舊是給我們的禮物。」

也許對方離開我們。可是，當然了，我才是那個離開的人。我想像媽媽回到家，發現屋子裡空盪盪的。爸爸在明宮，邊喝他的滾石啤酒邊等我出現。也許對他們來說會是一種解脫，他們全都可以不用再面對我的不講話。就那麼一小段時光，他們不用再看到我用沉默扼殺所有事物。

長腿醫生微瞇了一下眼睛，輕輕側過頭。「蘇珊娜，我剛剛說的有道理嗎？」

我真的不知道什麼才有道理了。

長腿醫生一直盯著我，讓我很不自在。於是我說：「當然啊，有吧，我想。」

「我真以妳為傲，蘇珊娜。」她說：「妳進步很多。」

我連一步都還沒跨出去，我心想。我什麼地方都還沒去成。

但是一切即將改變。

再見了，明宮

出發前的最後一個週六，我和爸爸一如往常的，在明宮的粉紅色沙發上坐下。我不是布莉琪．布朗。我做了研究，而且學到四件事：

一、東部標準時間的週二下午三點鐘左右，最容易買到平價的國際線機票。

二、週三或週四出發的班機票價，通常低於出發時間比較接近週末的航班。

三、很湊巧的，我媽這週四一大早要帶客戶看房子。

四、用我爸的信用卡買機票之後，帳單上的應繳款項就會出現機票費用。因為我不知道他什麼時候會收到信用卡帳單，所以我得很小心，必須盡量在出發日期快到時再買機票。

結論是，我要在準備出發的這週週二下午三點買機票，在週四早上離家。等到週五晚上，我就會在澳洲了，而我的同學那時候會陸續抵達「英雄與惡棍」化妝舞會會場。

從這時候往回算到我開始「不講話」那一刻，我們已經在明宮吃了二十一次晚餐，每次大約一小時，換算起來差不多有三百五十萬人被水母螫傷。

等到下週同一時間，我就會在地球的另一側了。

我才剛開始想澳洲該不會沒有中國餐館，就聽到爸爸說：「哦，對，我剛讀到一則報導，妳可能會有興趣。」

過去這段時間，爸爸對我講話的方式，就跟羅科引用作古的詩人一樣——對著空氣講話，就好像不管有沒有人在聽都無所謂。

我將一根炒麵條浸在裝滿鴨醬的白色小碗裡。

「看來他們是在離這裡不遠的地方找到真正的恐龍足跡。」爸爸繼續說：「數以百計的腳印，是一些開推土機的人無意中發現的。他們在周圍蓋了整棟博物館來保存。」

他將一根酥脆的炒麵條送進嘴裡。「我想也許我們可以找時間去看看。」

快沒時間了，我想。接著我突然覺得有一點反胃想吐。

服務生將我們點的飲料放在桌上。我那杯雪莉鄧波兒雞尾酒裡的冰塊輕碰杯緣，發出叮咚聲。

「聽起來滿酷的。」爸爸說。他朝服務生點點頭表示感謝，然後自己倒了一杯啤酒。「可以走在以前恐龍走過的地方。看來以前這座山谷裡，滿山遍野的都是恐龍。」

我思索著這件事，想到我現在坐在中國餐館裡喝雞尾酒，而在同樣的地方附近，在幾千萬年前曾經有恐龍，真正的恐龍走過。

我們默默用餐。我看著魚缸裡的魚，那些可憐的魚甚至不知道在海生館還有巨大無比的海洋水族箱，更別說整個海洋了。牠們很可能以為自己住的玻璃缸就是全世界。

服務生在我們吃完之後送上幸運餅乾，我的是空白的。餅乾附的籤文一直都是同個樣子，一面印著幸運數字和英中對照的「學中文」內容。我那張印的是中文的「冬天」。但在應該印了籤文的另一面上，卻只有一朵線條畫成的玫瑰花——此外就剩下一片空白。

我伸出頭去看爸爸拿到的籤文，上面寫著：長途旅行一路順風！鵬程萬里。

我皺了皺眉，這張看起來應該是我的才對。

*

回家途中，我們聽著新聞廣播。在西部野外有大火，在世界的另一端發生山崩；醫生經歷十四個小時的手術，終於從小女孩體內取出一顆比她體重還重的腫瘤。我試著想像，在一個真實的小孩身上，長著一團體積和小孩差不多大的瘤塊，但是腦中描摹出的畫面，卻變成一個巨大氣球載著小女孩飛走。

接著我聽到播報員說了一個我認識的名字：戴安娜．納雅德。

「……正準備開始第五度挑戰，不使用防鯊籠，從古巴游到佛羅里達，」播報員說：「她先前幾次挑戰失敗，都是因為水母——」

爸爸開著車避過一臺要切進車道的車子。「是是是，老兄。」他喃喃叨唸：「馬路是你家開的。」

「噓——」我噓了一聲，將收音機調大聲。

「六十四歲的納雅德表示，她希望這次行動，也就是第五次的挑戰，可以讓她戰勝水母。」

接著播報員開始報導其他新聞，爸爸瞄了我一眼，兩手還是放在方向盤上。

「妳在聽這個新聞？」爸爸聽起來很驚訝。

我聳了聳肩，望向車窗外的枯樹。納雅德執著到嚇人的程度，但是她有一點我真的很欣賞：知道自己想要什麼，而且無論什麼都不能阻止她去實現。她拋開了一切限制：距離、年齡，甚至水母的毒液。

＊

到了我和媽媽的家之後，爸爸跟平常一樣，對我說：「晚安了，小鬼。」

我跟平常一樣，一言不發地下車。

他在車道上等著，目送我從前門進屋。就在我踏進門之前，我回頭朝他揮了揮手。

再見了，爸爸。

他閃了一下車頭大燈，然後從車道倒車出去。

我從「不講話」學到最重要的一件事：當你什麼話都不講，要保守祕密就容易得多了。

週二下午三點鐘

星期二了。

我要用爸爸的信用卡買機票的日子。

買機票滿簡單的。我輸入日期和目的地，看到有班飛機會先載我到芝加哥，行經香港，最後抵達布里斯本。

我似乎完全無從想像自己置身於以上任何一個地方。待在麻薩諸塞州南葛洛夫市的小房間裡，所有地方感覺都很不真實。

我買的機票會帶我到澳洲的凱恩斯，出發後要一天半之後才會到。三十六個小時之內，我就會從冬季進入夏季。

我輸入信用卡上的每個數字、爸爸的全名和卡片有效年月。所有資料。

在訂機票的旅遊網頁最下面，有一個大大的紅色方框：確定購買。

我點了一下。就這麼簡單。

然後一切就會成真了。

我靜靜坐著，吸氣又吐氣好幾回。

終於站起身之後，我打電話給綠丘機場巴士。我說我要前往機場搭乘國際航班，我的語氣很有自信，就好像我一向都安排這樣的行程。

電話另一頭的聲音聽起來一點都不驚訝。對方並未問我幾歲，只問我是搭幾點的班機，然後告訴我應該什麼時候去等巴士來接我。

我有兩個選擇：讓機場巴士到亞倫教課那所大學的學生活動中心前面接我，或者到市中心的一家旅館門口接我。

去大學的風險比較高，但是距離比較近，我可以走路過去。

我告訴他們我要搭行經大學校園的巴士。

對方告訴我要準備五十四美元的現金。

一切安排就緒。

週三

隔天就是出發前在學校的最後一天。在學校裡，我感受到一種奇異的歡欣。

這裡的一切和我無關了。

我要走了，而且要等到我證明了某件重要的事才會回來。

我覺得自己彷彿漂浮在走廊上，我好像同時在這裡，也不在這裡。我幾乎像是成了幽靈。一顆飄盪的鬼心。

*

那天要放學之前，賈斯汀走到我的置物櫃旁邊。「嗨，貝兒。」他說：「週五的舞會妳會來嗎？」

在那一瞬間，我真的好想向他坦白。要是我需要有人在我離開之後幫忙帶個訊息，我就會說出來了。但是我沒辦法肯定他會不會洩露祕密，所以我搖搖頭。「那天我要出遠門。」

「太可惜了。」他說。「我可是準備了超棒的服裝。」

「你是什麼，惡棍還是英雄？」我問。我指的是同學票選的舞會主題。

「抱歉啦。」他說，然後露出微笑，「妳得去舞會才能親眼見證。」

鈴響了。我們穿上外套，一起走去搭校車。

在踏上我要坐的校車之前，我停下腳步，對他咧嘴一笑。

「妳為什麼笑？」他問。

「惡棍。」我說：「我敢賭你扮的是惡棍。」

我上了校車，獨自坐在位置上。賈斯汀在窗外向我揮揮手，然後將手插進外套口袋裡，走去搭他要坐的另一部校車。

校車的引擎發動，我看著尤金菲爾德紀念中學越來越小，磚牆和水泥建築逐漸消失在遠方。

＊

走下校車的時候，我決定不要直接回家，而是在寒冷的空氣中，徒步前往亞倫和羅科住的公寓。我想要聽他們最後一次喊我小蘇希，我想要藉著他們的活力和對話讓我分心一下。

但是我按門鈴以後，沒人來應門。

我站在他們的後院，看著自己呼出的熱氣。我的十指都凍僵了，好想走進去，即使不能坐在他們身邊，至少可以坐在屬於他們的空間。

我知道他們把鑰匙放在後院裡一株盆栽下面。他們應該不會介意我自己進去吧。進去幾分鐘而已，只要能在回家前讓身體暖和起來就夠了。

進到公寓裡，我漫步逛過每個房間：廚房裡洗淨的碗盤還留有水漬，整齊的排列在瀝水架上（亞倫和羅科一定是不久前才離開的）；浴室聞起來有刮鬍膏的味道；客廳裡堆著好幾疊雜誌，有《運動畫刊》、《紐約客》、《亞特蘭大》和《廣告剋星》之類的，角落裡有一雙耐吉球鞋，裡頭塞著一雙內層外翻的運動襪。

我討厭要離開他們的感覺。

在壁爐架上，我看到一個框著亞倫幾年前舊照片的相框，下面壓著幾張鈔票。相框上貼了一張便條紙。

我拿起相框，照片裡的亞倫站在足球場上，是我每天上數學課看向窗外都會看到的球場。拿著一顆足球的他戴著厚片眼鏡，還戴了牙套——我都忘了他戴過牙套。他的手臂看起來好纖細，甚至比我的還細。照片裡的他肯定和現在的我差不多年紀。

從照片裡，完全看不出來亞倫如今會成為充滿自信的足球教練。

便條紙上是羅科的字跡：我在認識你之前就愛上你了，甚至在你長這樣的時候。抱你親你。

我將相框放回壁爐架上，然後拿起那些錢。有兩張二十美元、一張五美元和三張一美元鈔票，總共四十八美元。

我已經從媽那裡拿走很多錢了，還用爸的信用卡買了機票。我不需要再偷他們兩個人的錢，對吧？

只不過，我其實不確定我到底需要什麼。要是我剛好缺四十八美元呢？

我想到布莉琪·布朗站在奈許維爾機場，數著手上的錢。

我將鈔票塞進牛仔褲口袋，朝門口走去。在離開前，我停下腳步。

我又跑回壁爐旁，一把抓起放了亞倫照片的相框，然後衝出公寓。等跑到外面，我才想起來，我把鑰匙留在公寓裡了，就放在壁爐架上。我想回去拿，但是門已經從裡面鎖住。我被關在外面了。

我不知道還能怎麼做，只能緊捏著亞倫的照片，一路幾乎狂奔回家，好幾次差點在結冰的人行道上滑倒。

再見了，我的家

現在是週四早上七點十八分，離開前最後一個在家的早晨。媽今天要提早出門，她以為我會自己去搭校車。但事實上我沒有要去學校，我會往大學校園走，去搭開往機場的巴士。

媽媽一邊穿好上班的衣服，一邊走進廚房的時候，我正將幾片吐司放進破爛的老烤吐司機，又是一件她在二手商店挖到的「寶物」。她親了一下我的額頭，我退開幾步。

「蘇，妳還記得我今天一早就要去帶人看房子吧？」

我當然記得。所有計畫都是根據妳的行程安排的。

「大日子快到啦，需要的東西都帶齊了嗎？」

我點頭。都帶齊了，不過我實行計畫的大日子和她以為的其實是兩回事。

媽拿起包包，在裡頭翻找資料。「唔。」她說：「我最恨冬天帶看房子了，到處都陰沉沉的。」

我在心中對她說：*媽，我要走了。我要出發了。*

在媽將資料塞回包包裡的時候，我打開放餐具的抽屜，抽出一把抹奶油的餐刀。

「我不知道。」她喃喃的說：「也許再過不久就夏天了。」

我關上抽屜，力道比我預期得大了點。

「哇，小心吶！」她唸了我一句。

媽，我很抱歉。妳不會懂的。

烤的吐司跳起來了，邊緣已經烤到焦黑。

蠢斃的寶物烤出來的蠢斃的烤焦吐司。不知怎麼的，焦黑的吐司邊看起來彷彿是世界上最悲傷的東西。

於是我對自己生氣，因為我開始覺得悲傷。

悲傷很危險，悲傷可以毀掉一切。現在唯一還有可能阻止我的，就是悲傷。

我使盡力氣，將吐司丟進水槽。麵包屑灑得金屬水槽都是。

「蘇！」媽說。她聽起來很驚訝。

我一把撕開裝吐司的袋子，粗魯的再抓兩片出來。

快走、快走，妳快走。妳不走，我就沒辦法出發。

媽搖了搖頭。「真是的。」她叨唸著：「有人早上才起床就吃錯藥啦。」

我把吐司放進烤吐司機，將旋鈕轉到最小火力。媽媽走到我身後，雙手按住我的肩頭。我躲開不讓她摸我。

媽，妳快走。妳是最後一個我必須說再見的人，我只希望這一段能夠趕快結束。拜託妳，快走吧。

我大力拉開冰箱的門，震得冰箱裡的瓶瓶罐罐哐啷作響。

「好吧。」媽說：「妳今天是怎麼回事？」

今天這回事就是我準備去做一件重要的大事。而妳在我身邊待得越久，就只是讓我越不想去做。

我瞪著冰箱看了一秒。

「妳在找什麼？」她問：「奶油嗎？」

這就是為什麼我需要妳走開。

我「碰」一聲甩上冰箱的門，更多玻璃相碰的哐啷聲響起。

媽做了一回深呼吸，將空氣很慢、很慢的吸進鼻子裡，再很慢、很慢呼出來的那種深呼吸。我知道她在試著避免所謂的「失去冷靜」。

她走到冰箱旁邊打開門，接著一語不發的，將一條包裝紙半開的奶油放在我前面的桌子上。

我不敢看她的臉，只是將奶油拿到鼻子前面，好像在聞味道。我將奶油丟回桌上，一副奶油聞起來很臭的樣子。

「老天。蘇，妳很沒禮貌。」

拜託，拜託妳，快走。

吐司跳了起來，這次沒有烤得那麼焦。我抓起吐司摔在盤子上，開始大力的抹上奶油，力道大到將吐司撕扯成兩半。

「蘇，」媽說：「如果有什麼我可以幫忙，讓妳今天早上更順利一點，妳可以現在跟我說。」

於是我說了。

「妳快走。」我喃喃的說。

「蘇……」

我忽然轉身，還沒回過頭，嘴上卻已經大吼起來。「媽，妳走。我、不、想、看、到、妳！」

我希望這一段可以趕快結束。我希望自己這時候已經爬過逃生地道，不管進入哪個異世界都沒關係。我希望道別的劇碼趕快落幕。

媽朝時鐘瞥了一眼。「我不想遲到，可是寶貝——」

「妳有什麼毛病啊？」我打斷她的話：「妳為什麼不走開就好？」在我的內心和外在之間，在我放在心中和我輸出給世界的東西之間，有一道鴻溝。這道鴻溝如此巨大，甚至快要在廚房裡，將我當場撕扯成三十億片碎屑。

媽又深呼吸了一次。「我不知道該做什麼。」她溫柔的說。

「妳應該走。」我說：「這就是妳該做的。」

媽拿起她的包包。「我們放學後見，好嗎？」她說：「到時候我們再聊。」媽，放學後我就不在了。我很抱歉，但是我不會回來了。我還有事必須去做。

「女兒啊，希望妳今天接下來一切會更順利。」她頓了一下，然後加了一句：「我愛妳。」

她走出去之後靜靜的關上門。

我聽著她踩在步道上的腳步聲，心中同時懷抱兩種期望：我想要離家出走，但同時我也想要去追我媽回來，讓她可以阻止我離家。我想要她告訴我，有人很需要我留在家裡，勝過任何人需要我去做那件事。

我想要她哄我上床睡覺，等到一切都恢復正常再叫我起床。

但是我甚至不再知道，到底什麼才叫作正常。
媽媽開車走了。
等她離開，我才想到還有一句再見要說。

致電

我拿起話筒。

我還背得出電話號碼，記得過去幾年那些迫不及待的通話，比如有一次我們同一天讀完《飛天巨桃歷險記》，我等不及要打電話過去，跟她討論落在紐約市的巨桃屋。還有明明知道有什麼功課，但還是以確認功課為藉口互打的幾百通電話。我還記得狄倫．帕克穿著愛國者隊運動衣和高筒球鞋，頂著刺刺的雞冠頭髮型出現在學校裡那天，芙蘭妮還打來跟我說，「新來的傢伙真的很怪，對不對？」我其實不曾注意他是不是特別怪，或者該說我完全沒有注意到他，但是我回答「對」，然後一直等到很久以後，才想通妳一開始為什麼會講到他。

電話響了三聲。我正要掛斷的時候，聽到有人接起電話。

「喂？」

是芙蘭妮的媽媽。

我深吸了一口氣。她不會知道我過去幾個月都不講話，或是我在芙蘭妮過世之後就不曾講過電話。她也不會知道開口說出隻字片語，是多麼困難的事。

「瘋福好嗎？」

芙蘭妮的媽媽沉默了好一會兒才回答。

「蘇希，牠很好。」她說：「妳想的話，可以偶爾過來找牠玩。」

我思索著，我想像自己去芙蘭妮家，只有我和她媽媽坐在一起，不像以前只有我和芙蘭妮兩個人。而我和芙蘭妮的媽媽之間的連結，不過就像繫在路邊木樁上的幾根繩子。我不確定自己會不會想面對這種狀況，但是我說：「好。」

好一會兒，我們都沒有說話。然後我說：「我之前沒想到，這時候打電話好像太早了。」

「不會，沒關係。我已經起床好一陣子了。」我想像她坐在廚房裡，壁紙靠近天花板的邊緣印著常春藤花紋，櫥櫃櫃門的瓷製把手上有著花卉圖樣。記得我和芙蘭妮每次烤布朗尼的時候，不管再怎麼努力保持整潔，還是毫無例外的會把麵糊沾到把手上。

「明天晚上在學校有化妝舞會。」

「是嗎？」

「是的。主題是英雄與惡棍。」

要知道什麼是得體的話、什麼不是，真的很難。我是說，也許我根本不應該跟她講到舞會，因為芙蘭妮再也沒有機會參加舞會了。那感覺很怪異。我在長大，其他同學也在長大。再過幾個月，我就成為法律定義的青少年了，再過一年，我就快要滿十四歲，聽起來似乎老到不可思議的地步。但是芙蘭妮永遠都會是十二歲。

「妳是哪個呢？」芙蘭妮的媽媽問。

「什麼？」

「妳要扮英雄還是惡棍呢？」

「哦。」我說。「我不會去。我要出遠門。」

我深吸了一口氣，因為機會來了：我可以向她解釋一切的原委，我要去做的事，還有為什麼。告訴她也許其他人都放棄了，認為「有時候事情就這麼發生了」，但是我沒有。

在我有機會開口之前，芙蘭妮的媽媽說：「蘇希，妳知道的，她一直很羨慕妳。」

聽到之後，我不知道要說什麼。

「她說妳從來不在意別人怎麼想。我看得出來她有多麼欣賞妳這點，我想她希望自己也能多像妳一點。」

這番話讓我很震驚，我想她或許是在騙我。

我從來沒想過，芙蘭妮會希望自己像我。當然她媽媽剛剛說的是錯的：我曾經在意別人怎麼想，也曾在意芙蘭妮怎麼想。

我們就在各自的家裡靜坐許久，拿著電話卻不講話。真奇怪，無聲有可能勝過有聲。靜默傳達的可能比噪音更多，就好比一個人不在的時候，占據的空間卻遠超過他在的時候。

過了一會兒，我咬住嘴唇。「我得離開了。」我說。

「蘇希，謝謝妳打電話來。」

「幫我親一下瘋福。」

「我會的。妳好好照顧自己，好嗎？」

我點頭，雖然我知道她看不到我。接著我們又靜坐片刻，直到我聽見某個聲音，也許是拜拜，但也可能只是不小心從她喉間冒出的一聲雜音，細小而悲傷。

我掛斷電話，走進臥室，從衣櫃裡拖出行李箱。我把亞倫的照片連相框一起放進衣服外側的口袋，然後拿起包包走出門。

結局

誰知道。也許大家的結局都不是死掉的那一天，而是別人最後一次和他講話的時候。也許死掉不是真的消失不見，而是消褪成一團看不清五官的黑影，只有輪廓還約略可見。一段時間過去，人們忘記妳，妳的身影就會逐漸在黑暗中隱沒，直到最後一次有人在地球上提起妳的名字。那時妳的臉孔最後剩下的部分——也許是妳綴著雀斑的鼻尖，或是嘟起來好像愛心泡泡的嘴唇——然後一點一滴的消失了。

如果是真的，那就有很好的理由在一個人過世以後再也不提他的名字。因為你永遠不會知道，不會知道哪一次提到他會是最後一次。

然後他們就永遠消失了。

第六部

實驗結果

將觀察所得做個總結。得到的結果是否支持你的假設？別忘了，科學從來不曾真正「證明」任何事，只是對於世界的運作方式，提出能夠累積數量的證據。如果你的研究結果看起來並不支持你的假設，你必須誠實說明。要記得在科學的領域裡，我們從失敗學到的教訓和從成功學到的一樣多。

——杜頓老師

永生不死

關於水母的最後一件，也最重要的事情是這樣的。

我敢打賭，給你一百萬年，你也猜不出來。

牠們永生不死。

我說這句的時候一點都沒有誇飾。我也不只是要說牠們比人類長壽，雖然這是事實。我要說的，就是字面上的意思。至少有一種水母會越活越年輕，世界上大概沒什麼生物可以做到。你不信？去查查看「燈塔水母」，牠也叫作「不死水母」。

燈塔水母受到威脅的時候，會從成熟的「水母體」退回到比較年輕的生長階段，以幼體的形態在海床上爬行來自保。理論上，牠可以不斷重覆：變老，變年輕，再變老，再變年輕；永遠不會死去。

聽起來就好像，當一切變糟、壓力大得讓人喘不過氣的時候，我們就可以回到從前。想像一下，假如我們可以說一句：「噢，太困難了。」身體就會縮小，變回小孩子，重拾習以為常的生活方式。

然後我們可以就這樣留在那裡吸奶嘴，永遠安全無虞。

那麼之前的一切就都不會發生了。我永遠不需要做任何事來彌補之前的過錯，也永遠不需要傳遞那個訊息給妳。一切都會平安無事。人生會很簡單，就像以前一樣。

妳還是會在那裡。而且，芙蘭妮，妳又會跟我很要好，就像妳以前一樣。

前進澳洲

想做任何事的要訣，就是相信自己做得到。當你相信自己有能力做某件事，就算是想起來就害怕的事，相信就能帶給你近乎神奇的力量。信心就是魔力，讓你能夠萬事順利。

信心讓你能夠自己拉著行李箱，走很長的一段路去大學校園。讓你能試著假裝自己也是校園裡的一份子，撐過獨自站在那裡等車的漫長且寒冷的時刻。讓你在等車時擔心機場巴士到底會不會來，還有巴士真的出現以後，鬆一口氣之餘但也心生恐懼的時候，還是堅持下去。

巴士上擠得滿滿的，全是陌生人。有一位白頭髮的女士和一名穿著紅色套裝的女士聊了很久，白頭髮的女士說她要去亞特蘭大看剛出生的孫子，他重九磅二盎司，紅套裝的小姐回答說她要去大湍流市演講，主題是藝術保存，行程很趕，當天來回。

我刻意不去看任何人，不和任何人的眼神接觸。就連巴士在某間旅館前面停靠，一個滿身陳年煙味的男人上車後，在我身旁坐下並和我打招呼的時候，我也沒有轉頭看他。

我看著車窗外的房屋一棟接一棟掠過。我想著，再見了，房子。

我看著遠方的小路逐漸變成大路。我想著，再見了，小路。

我看著大路又變成高速公路。我想著，再見了，麻薩諸塞州南葛洛夫市。

我伸手到外套口袋裡，指尖摸過粉紅色索引卡的表面，上面寫滿爸爸的信用卡資訊。

到目前為止，一切都非常簡單。對於自己計畫得如此周密，我覺得很自豪。

我試著不去想媽媽，不去想到自己甚至沒有抱抱她、和她道別，只是看著她上車駛離家門。

巴士抵達機場的時候，乘客陸續在不同的航站下車。每次車門打開，都將一陣冰冷空氣送入車廂。我注意到每個乘客似乎都在下車說再見之前給了司機一些錢，於是當巴士開到國際航班的航廈，我從信封裡抽出一張皺巴巴的一元美金。我將鈔票遞給司機，從他手上接過包包，然後向他道謝。整個過程中，我只是滿不在乎的望向遠方，就好像這是我天天在做的事。

接著我走到航空公司櫃臺前面排隊。

等下我就會拿到長登機證，通過安檢，然後飛向世界的邊緣。

我已經將手表調成凱恩斯當地的時間，那裡比麻薩諸塞州快十五小時。

在小包的隨身行李裡，我放了牙刷和一小條牙膏。

還有一套準備換穿的襪子和內衣褲，因為我不想在抵達澳洲的時候覺得全身髒兮兮的。

我還帶了一本筆記本，上面記滿在澳洲可能會用到的詞彙和片語：chemist是藥局、boot是後車廂、lift是電梯，還有to come good的意思是「一切順利」。

旅程的第一段一切順利。

我記下詹米．西摩在詹姆斯庫克大學的辦公室地址，距離機場大約九英里，也就是十五公里，到那裡得走同樣以庫克船長為名的高速公路。我知道庫克船長，我和芙蘭妮以前唸探險家事蹟時曾學過：將近兩百五十年前，他展開由英國前往太平洋的長途航程，任務是觀測金星通過地球和太陽之間的現象，而他在航程途中登陸澳洲。

兩趟旅程，不管是庫克的或金星的，似乎都一切順利。

等我到了詹米的辦公室，距離大海就只有不到一英里遠了。我在想那裡聽不聽得到海浪聲，還有聽起來像不像是地球在呼吸。

排在最前面的旅客朝登機門走去，手裡拿著登機證。所有排隊的人，包括我在內，都朝前面挪動了幾步。

澳洲近得我幾乎可以感覺到它。

坐下

朝航空公司櫃臺走去的時候，我強迫自己不要一直眨眼。眨眼表示你很緊張，看起來就很可疑。

櫃臺後面的女士留一頭金色長髮，雙眼之間的距離看起來稍微有點過寬。她在鍵盤上打字，塗成紅色的指甲快速敲擊著鍵盤。

「姓名？」

我報上姓名。她繼續輸入，頭都不抬。「喀噠、喀噠、喀噠」。

「護照呢？」

我伸手到包包裡拿出護照給她。她翻開護照，連續翻過空白頁面，接著皺起眉頭。「等等。」她說：「妳的出生年月日是？」

我告訴她之後，她狐疑的看著我。「呃，這樣不能……」她欲言又止。她又在鍵盤上按了幾下之後便眉頭深鎖：「看起來妳沒有申請簽證。」

我不太確定她在說什麼，但是我多少知道，這趟旅程已經離我越來越遠了。

簽證，我思考著。她說簽證。

雖然我明白就算這樣也沒辦法解決問題，我還是做了唯一能做的事：我將手伸進口袋，拿出有著爸爸信用卡資料的粉紅色索引卡，推到櫃臺的另一邊給她看。

她看著索引卡，翻來翻去看了好幾遍，一臉困惑。「這是什麼？」她問。

「是簽證。」我說。我將下巴抬得高高的，很有自信的回答，假裝自己的大腦並未拚命轉個不停。過了這一關就好，我想。只要能搭上飛機，做什麼都好。

她皺著眉。「這只是……」她盯著卡片看了一會兒，然後說：「喔。喔，我明白了。」

她抬眼看我。「親愛的？」她問。她的聲音突然變得很平靜。「妳的爸爸媽媽呢？」

我深呼吸了一回，然後擺出有生以來最有威嚴的架勢。「他們有事沒辦法出門。」我說，盯著一個又一個行李從她身後的輸送帶滾過。

我眨了幾下眼睛，又補充一句：「他們都要工作。」

她再次低下頭去看索引卡，彷彿在思索什麼事情。然後她說：「孩子，妳知道的，妳不能自己搭飛機出國。」

「我買了機票。」我說。

「沒錯，可是——」

我引用關於布莉琪・布朗的新聞報導。「年滿十二歲及以上的旅客只要持有效登機證，可以在沒有成人監護的情況下搭機。」

「不行。」她說：「不能搭國際航班。」

她再次開口的時候，聲音極度平靜。「我很抱歉。」她說。

這樣的平靜感染了我，我感受到她很努力的善待我。如果她覺得我需要別人善待，可不是什麼好的徵兆。

問題是，不做這件事、不飛去澳洲，都不是我能接受的選項。不再是了。

我低下頭，試著想出接下來還能說什麼。我知道當下該怎麼辦：我需要重新掌控局面，而且要快。在我後面還排了好長一排旅客，我的時間不多了。

我死盯著櫃臺桌面的渦紋圖樣。但是儘管我絞盡腦汁，卻還是想不出該怎麼重新控制局面。

接著我心裡的某個部分終於明白過來，這樣是行不通的。

渦紋就在這個時候化成一團混沌。我的兩手、索引卡和失效的護照，全都溶化成一波波的漣漪。我看到斗大的一滴淚落在櫃臺上。

「哦，親愛的。」女士說。

我聽到四周響起機場的低鳴聲，聽到腳步聲和行李推車的車輪滾動聲。在這些聲響之外，我還聽到建築物發出嗡嗡聲：也許是暖氣系統，或者是日光燈。我在想，如果我聽得夠認真，也許我還能聽到血液被推送流竄全身的聲音。

我發現，自己在顫抖。

我想起布莉琪，她搭飛機到田納西州之後又必須回家去。我想，但至少她成功抵達了某個地方。

我最多只成功抵達航空公司的櫃臺。

我感覺到有人將手搭在我的肩上，是那位女士。她從櫃臺後面走出來。站在我旁邊的她，身材比我以為的更嬌小。就算穿了高跟鞋，她還是不比我高出多少。

「跟我來。」她說。

我讓她領著我走到櫃臺的一側，員工走進走出的地方。

「坐下。」她說。我跌坐在地上。

我抬頭看她，看到她望著我的眼神，然後她的身形也變成模糊一片。熱熱的淚滴從我的臉頰滾落。

她在我身邊蹲下來，一手按在我的手臂上，輕輕捏了捏，再起身離開。我將頭埋在膝蓋上，雙眼用力抵著膝頭。

我好累。燈光好刺眼。

我失敗了。

她成功了

我在地板上坐了好久，看著人們到櫃臺報到，前往不同的登機門。來了一個男人白髮蒼蒼，腳上穿著螢光橘色的球鞋。還來了一位女兵，全身迷彩服。一個母親攜著幼兒前來，小男孩的臉上掛著鼻涕，哭泣哀嚎的聲音聽起來好疲憊。他穿了一件連帽上衣，他媽媽不斷幫他把帽子拉上，但她每次一拉，小孩就揮掉帽子。她將抱在懷裡的孩子前後輕晃，眼神直視前方。

這裡所有人都要前往某個地方。

我閉上眼睛，將注意力放在呼吸上。我整天、整週、整個人生都在呼吸，但之前我從未留意。

芙蘭妮不會回來了。

這就是癥結所在。就算我能讓詹米告訴我，芙蘭妮的死就是水母害的，而我的想法一直都是對的，也不能改變任何事。芙蘭妮走了就是走了，結束的友情也還是像之前一樣結束了。

對不起，對不起。我真的，真的很抱歉。

我還是閉著眼睛，聽著小男孩哭泣，聽著航空公司櫃臺的鍵盤起落的喀噠聲，聽著廣播指示從多倫多來的旅客到三號轉盤領取行李。

對不起，我不是妳期待我成為的那種人，我很後悔對妳做了那樣的事。妳在離開的那個糟糕時刻，無論曾經歷了什麼事，我都為妳難過。

「一支手機被發現遺留在女廁中，失主請至一樓服務臺領取。」

對不起，我只是在太空中呼嘯掠過的岩石上的愚蠢生物。對不起，我讓妳活在這顆岩石、這顆愚蠢微塵上的時候更辛苦、更難過。

對不起，我試著想要創造全新的開始，最後卻變成最糟糕的結束。

對不起，我做錯這麼多又這麼離譜。

*

我一定是睡著了，因為我張開眼睛的時候，身上披了幾條毯子，是飛機上那種方形絨毛薄毯。毯子有點像拼布一樣相互重疊，將我全身上下每一處都蓋住。我抬頭張望，到處都看不見那位金髮女士。一個穿著西裝的男人小跑步經過，被他拖在身後的黑色旅行袋好像一隻不情願的黑狗。

我躺下來，蜷縮成一顆球，拉扯毯子蓋住全身。地板又冷又硬，將臉貼在上面的感覺很舒服。

我又閉上眼睛。

等我再次睜眼的時候，我媽出現了。在全是陌生人的機場裡，看到她讓我嚇了一跳。她還是像在廚房裡趕著上班前的最後一刻一樣，穿著去帶人看房屋的那套服裝。

媽媽的眼神在我臉上打轉。她看起來有些驚慌。

「蘇。」媽說。她屈膝靠到我身邊。「哦，親愛的。」她的臉皺成一團，眼淚開始從她的雙頰滑落。

我不知道這些是難過、開心，還是為愛而哭的眼淚，或者三種都是。

「哦。哦，我最寶貝、最寶貝的蘇。」她緊緊握住我的雙手。

亞倫也來了。他坐下來，一手輕輕握拳，碰了一下我的膝蓋。

很長一段時間，沒人開口說話。

過了好一會兒，亞倫一派輕鬆的開口：「嗯……發生什麼事啦，蘇？」他說話的方式好像是整個情況再正常不過，讓我忍不住笑了一下。我連鼻涕都流出來了，但是我不在意。我用手背揩了一下鼻子。

「我以為……」我開口了。我深吸了一口氣，「我以為我可以證明的，」我說：「我以為我可以證明到底發生了什麼事。」

但他們當然不知道我在說什麼。他們完全不知道我過去幾個月都在想什麼，不知道去海生館的戶外教學、伊魯坎吉水母，或是每五秒鐘就有二十三人被水母螫傷。他們不知道詹米，不知道我的研究，也不知道我怎麼會以為自己想到了沒有人想到的事情。他們不知道布莉琪．布朗和多萊塢，也不知道導致我一個人坐在機場地板上的來龍去脈。

他們不知道，不可能的事是怎麼變成唯一可能的解答。

我聽到字句像連珠炮般從自己嘴裡吐出，多到超過我過去好長一段時間總共講過的話。我聽得出來，這些字句一點道理都沒有。不管我怎麼努力說明，就是沒辦法讓我的解釋再合理一點。

我忽然想到，也許這就是不再講話以後會發生的另一件事。也許你就變得不再能分辨腦袋裡想的是正常合理，或者滿是裂縫和破洞。

等我盡最大的努力解釋完，把要說的話一股腦全都傾吐出來以後，腦中忽然閃過長腿醫生在我第一次見到她時說的——每個人哀悼的方式都不一樣，沒有所謂對的方式或錯的方式。

是嗎？我想。等她聽說這次的事，也許她會改變想法。

＊

我說完之後的幾分鐘，我們只是靜靜坐著。然後媽媽才平和的說：「我一直覺得是離岸流。」

我看著她。「什麼？」

「我是說——我不知道芙蘭妮是怎麼溺水的。但我一直這麼認為，應該是因為有離岸流。」

離岸流，一道將人拖進大海裡的隱形急流。

「什麼原因都有可能，」媽媽說。她的聲音很柔和，「我的意思是，也許芙蘭妮被海浪捲走的時候，頭不小心撞到岩石。也可能是身體出了狀況，像是突然心臟病發，或者她的心臟有什麼問題，只是大家都不知道。也可能她剛好有一點累，又剛好游得離岸邊遠了一點點……」

她的聲音越來越低。

媽媽沒有說出她本來可以說出口的話，亞倫也沒有說。他們都沒有講明我忽然想通的道理——不管發生什麼事，不管原因是什麼，都不重要。重要的是事情「就這麼發生了」。

不知怎麼的，有時候事情確實就這麼發生的事實，似乎才應該是世界上最嚇人而且最哀傷的事實。

然後我看到羅科走近，手上的硬紙托盤上有幾杯熱飲。他遞給媽媽一杯，然後也拿給我一杯。「蘇希，喝點熱可可吧？」

杯子上有一個綠色美人魚的圖案，長長的頭髮散落胸前。在她的頭上有一個頭冠，上面有一顆星星。海和天就在紙杯上相遇。雖然只是一個老氣的蠢商標，我卻覺得好像接收了羅科傳來的訊息，彷彿在說，我們明白。

熱可可很好喝。有那麼一段時間，我們只是坐在地板上啜著飲料，不講話。

接著我看到裝錢用的信封從行李箱裡露出一角。「我偷了錢。」我說，從嘴裡說出這幾個字的感覺糟透了。「我用了爸爸的信用卡。」

我拿起裝現金的信封交給媽媽。「裡面有很多錢是妳的。」我說。我又轉向亞倫和羅科。「但其中有一些是你們的。」

我解釋了從他們的客廳拿走錢的事。

「蘇，我們已經知道了。」亞倫說。他看了羅科一眼。「坦白說，我們吵了一架。那些是羅科要出的買菜錢，他信誓旦旦說他放了要給我的錢，我也信誓旦旦說他根本沒放，因為連一張鈔票都沒看到。我們又注意到相片不見了，還有留在那裡的鑰匙。那就只有一種解釋了。」

我低頭看著地板。「對不起。」我好訝異自己的聲音聽起來竟然那麼小、那麼生澀。

羅科剛剛沒聽到我的解釋，他問：「出發點是好的嗎？」

「是好的。」亞倫說。

羅科將手蓋在我的手上。「妳知道嗎，尚有更低劣邪惡之舉，只為更高貴善良之事。」

我抹了抹鼻子。「誰說的？」

「什麼意思？」他問。

「是引用誰的話嗎？」

他搖頭。「不是，小蘇希。只是真理。」

我將頭埋在媽媽懷裡，比我印象中的更溫暖、更柔軟，讓我想到珍娜的報告——海豚媽媽在剛生出寶寶的前幾週會在水裡不停游動，因為新生小海豚的鯨脂層不夠厚，沒辦法自己浮在水面，一定要乘著媽媽游水時帶起的滑流才浮得起來。如果海豚媽媽停下來，就算只是很短的時間，小海豚也會沉下去。

當媽媽一定很累。

我注意到在附近候機區的電視螢幕上正播到一則新聞，畫面上可以看到海灘擠滿了拿著相機和手機的人。不管那裡發生了什麼事，他們都想記錄下來。靠近海岸的地方，有三艘皮艇跟著一個在水裡載浮載沉的東西。

是一個人。一個正朝岸邊游來的人。

畫面上出現字幕——歷史性的一刻：古巴游到佛羅里達。

我站了起來。

納雅德第五次挑戰一百零三英里長泳成功。

連想都沒有想，我就朝螢幕走去。

「啊。」媽媽說，她跟在我後面，「我看過這則新聞。」

戴安娜．納雅德離岸邊只剩幾英尺，再划幾下水就到了。如果她這時候站直身體，甚至可以直接從水裡走上岸。

「哇。」羅科說：「她成功了。」

他撮起嘴唇吹了聲口哨。「第五次大概有什麼神力加持吧。」

納雅德的身體在水裡晃動一下之後就不再移動，接著她慢慢的站直，跌跌撞撞的向前走，她的步伐蹣跚，好像已經忘了該怎麼走路。圍在她身邊的支持者紛紛伸長手臂，準備好在她跌倒時接住她，但他們還是讓她獨力走完離開水面的最後幾步。

群眾瘋狂的鼓掌。

「她真勇敢。」我喃喃的說。

我們靜靜看著螢幕上，急救人員扶著納雅德上了救護車，車子慢慢駛離海灘。人群跟在救護車後面，歡呼聲不絕於耳。

這時亞倫轉向我。

「蘇？」

「嗯？」

「現在可以帶妳回家了嗎？」

我感覺自己的臉又皺在一起，眼淚又掉了下來，但這次不只是悲傷的淚水。也是另外一種，為愛而哭的淚水。

我們四個人朝停車場走去。自動門打開的時候，我們踏出室外，冷冽空氣、刺眼強光和車輛往來的轟隆聲撲天蓋地而來。我豁然開朗，彷彿之前一直在水底閉氣，現在終於將頭抬出水面。

就好像許久以來，第一次大口呼吸新鮮空氣。

第七部

結論

你在實驗裡學到了什麼？從自己的研究出發，再進一步思考未來可能的研究方向。還有哪些值得探討的範疇？你的研究接下來可能會將你帶到哪裡？

——杜頓老師

要是？

那些水母還在海裡，每隔五秒鐘就螫傷二十三人。在我的餘生裡，牠們都還會在，也許在所有地球上生物的餘生中都會在。

我想起越活越年輕的不死水母，我在想：可能有不只一種方法能變年輕嗎？或許也有什麼方法可以讓人類返老還童？

比如說，要是我們可以記起小時候的感覺，相信一切充滿可能性？

一九六八年的時候，人們看到從月球眺望地球冉冉升起的畫面，相信自己是舉足輕重的，相信自己可以完成任何事。

要是我們可以重拾那樣的感覺呢？

世界上有太多令我們恐懼的事物：水母潮大爆發、第六次大滅絕、學校裡的舞會。但是也許我們可以不再畏懼，也許可以不再覺得自己只是一粒微塵，而是記著地球上的所有生物都是星塵構成的。

而且我們是唯一能夠知道這件事的物種。

水母的問題是：牠們永遠不會懂。牠們能做的就是永無止盡的漂游，且毫無意識。

對於地球來說，人類也許只是新來的成員。我們也許很脆弱，但我們也是唯一能夠決定要改變的物種。

至今唯一重要的事

那天晚上，家裡電話鈴響此起彼落。

我媽打給我爸，告訴他發生什麼事。他們先是開三方通話和信用卡公司討論，接著又換和航空公司談。對方將電話一再轉接給不同人的時候，我就在旁邊聽。

我聽到媽媽一直重複敘述事情的始末，偶爾停下來回答幾句：「沒錯，十二歲。她在網路上訂的機票。對，她自己訂的。不，我不知道。」

那晚我睡得很沉。早上媽媽沒有叫我起床上學，我很開心。她也許跟人約好要帶客戶看房子，但是她一定已經取消了，因為等我終於走下樓要吃早餐，就看到她穿著法蘭絨睡衣在廚房裡。她將電話夾在一側的耳朵和肩膀之間，手上端著一杯熱騰騰的咖啡。

「太好了。」她對話筒說，同時朝我眨眨眼。她看起來很疲憊，似乎根本沒怎麼睡。

「太好了。」她又說了一遍，「您幫了很大的忙，謝謝！」

她掛上電話。「好消息，蘇。」她說：「航空公司會退款到爸爸的信用卡。」

我盯著地板。

「全額嗎？」

「全額。」她壓低聲音碎唸，像是自言自語，也像在說給我聽：「他們當然應該退全額，本來就不能賣機票給十二歲的小孩。」

不顧身上還穿著睡衣，我走到門外，看著自己在冷空氣中呼出的熱氣。

如果一切按照計畫，我現在應該已經抵達凱恩斯了。就在這一秒，我很可能正在熱帶風情汽車旅館櫃臺登記入住。那裡應該是夜間，而且是夏天。

但我在這裡，在麻薩諸塞州，在冬季早晨裡穿著睡衣，在我這輩子唯一住過的房屋前門臺階上發抖。

媽出現在門口。「蘇？我想妳該打個電話給妳爸爸。」

我搖頭。

「寶貝，」她說：「我們昨晚通過電話，今天早上也聊過。他很不高興，但是說真的，他擔心得不得了。」

但我沒辦法打電話，還不行。

我想知道，一個人要怎麼重新開始，尤其是在發生那麼多事以後？

某同學

我不打算去學校的「英雄與惡棍」化妝舞會，我整天都不曾想到舞會。就連亞倫和羅科過來一起吃午餐的時候，或亞倫打開電視看足球賽轉播，大家一起看利物浦隊在比賽最後幾分鐘逆轉勝，擊敗托特罕隊的時候，我都沒想到。等到他們離開，媽媽煮我最愛的雞肉配米飯的時候，我也沒想到。

但在我吃飯的時候，電話響了。

媽接起來，過了一會兒，她搖搖頭。「我想你可能打錯電話了，」她說：「這裡沒有什麼貝兒——」

我抬起頭，瞪大了眼睛。

過了一秒鐘，媽媽笑了。「喔，是找蘇希。好，當然，她在家……沒有，她沒有出遠門。」

她朝我眨眨眼。「她出門過了，但她現在回來了……對，沒錯，等等哦。」

她挑高一邊眉毛，一臉促狹的看著我。「蘇，有一位叫賈斯汀的同學找妳。」

她朝我晃了晃話筒，同時做著嘴形「來嘛」。

但是我不肯接過話筒。媽嘆了口氣。

「她現在不方便接電話，你需要留個話——收到，好的。對，我記住了，『厲害到爆』，沒錯，我會跟她說。」

她掛掉電話，表情有點古怪。「賈斯汀。」她刻意強調他的名字，「要我告訴妳，他要穿去舞會的服裝厲害到爆，他希望妳也去親眼看一下。」

英雄與惡棍化妝舞會。沒錯，就是今天晚上。一想到舞會上的音樂，還有那些同學，我就一陣反胃。

媽朝我靠過來。「賈斯汀是誰啊？」

「他是——」

我想了一會兒，不確定該怎麼描述他。「呃。」我說，「我想，他是……我朋友。」

說出那個名詞的感覺很奇怪，但一說出口，我就知道那是真的。

不知怎麼的，這樣就夠了。

*

不用多久，我就備齊了舞會服裝。我走進亞倫的房間，打開他的衣櫥，翻出一頂濺滿油漆的老舊紅襪隊棒球帽——亞倫幾年前的夏天，戴著這頂帽子去幫人粉刷房屋，每晚回家時全身都是一塊綠一塊黃的漆漬。我還抓了一件只有一個口袋的灰色T恤，長到可以當洋裝穿，配上緊身內搭褲其實看起來還不錯。

我走回自己的房間，在床上坐下。行李箱就在地板上，還是整裝待發的樣子。只是看到它在那裡，就讓我又有和聽媽媽講電話時同樣的感覺：似乎我的年紀還很小、很小。

我伸手到行李裡，將亞倫的照片抽出來，就是從亞倫和羅科的公寓偷拿的那一張。某方面來說，知道哥哥也曾經那麼年輕、樣子那麼怪，感覺真不錯。

也許他在自己的人生裡，也曾經覺得自己格格不入。

我將照片從相框裡拿出來，放進T恤口袋裡。

然後我深呼吸一下，走下樓，問我媽可不可以開車送我去學校。

長存

如果有些科學家說的是真的，所有時刻都能同時存在，那現在發生的就是真的，和從前發生過的一樣千真萬確：

我們一起待在我家後院的大樹下面，以前我們會在那裡一起用苔蘚、樹枝和樺樹皮蓋仙女小屋的那塊泥地上。那時候接近傍晚，我們沐浴在金光之中。

我們整天都在一起，穿著長褲剪短改成的短褲，打著赤腳。

那時五年級剛開學，剛成為全校最老的一屆。再過一年，我們就又要成為全校最小的一屆，不過時候未到。

我們在玩下課時間很愛玩的打手背遊戲。妳伸出雙手，掌心朝上，我將自己的雙手輕輕放上去，妳再將雙手抽出來，試著打我的手背。妳三次都沒打中，第四次才碰到我的手。

我們都笑了。

我掌心朝上，妳的雙手碰到我的，隨時準備要抽回去。我可以感覺到妳的指頭，和妳身上血管裡汩汩流動的血液一樣熱呼呼的。

妳的臉逆著光，遮住天空中低垂的太陽。妳的臉龐還有手臂周圍，都籠罩在一圈白光裡，就好像有人用螢光奇異筆幫妳全身描邊。妳動了一下，午後的餘暉從妳身後灑落。我瞇起眼，妳消褪成一片剪影。妳再動一下，我又能看得清妳了，妳的雀斑和金髮好像罩了一圈光暈。

我輕動雙手，妳及時將兩手抽回。我們忍不住大笑出聲。笑聲在我們周圍的金光中飄盪，如果我們試著伸手，甚至可以抓住笑聲，就好像可以抓住從營火飛竄出的火星，或是隨風飄散的蒲公英。我們可以將笑聲緊緊抓在手裡，感覺它的暖熱，就像夏夜時蓄積了一天熱度的石頭。

我又動了一下雙手，剛好輕輕擦過你的手背。

「差一點。」妳說。

我說：「我打到了。」

妳說：「才沒有咧。」

我說：「明明就有。」我們再玩一次，這次我打到妳了，我們笑到彎腰抱著肚子。太陽朝地平線落下，我們的身影也隨著越拉越長。

我們的膝頭碰在一起。一切重新開始。

英雄與惡棍

我坐在媽媽的車裡，看著扮成英雄或惡棍的同學魚貫進入舞會會場。我看到好幾個哈利波特，佛地魔現身的次數也不遑多讓。除了好幾個凱妮絲・艾佛丁，還有一大群繫上披風、裹著緊身褲的經典超級英雄，也有幾個蒙面黑衣人，就是你在老西部片裡會看到的那種壞蛋。狄倫・帕克在我眼前走過，他什麼不扮，竟扮成神父。

我沒有下車。

「寶貝？」媽問：「妳還好嗎？」

兩個扮成復仇者聯盟成員的同學從我們車前走過。

我想像體育館裡面一片漆黑，空中掛滿彩帶。

我究竟在想什麼，怎麼會來這裡？

「我覺得我想回家了。」我說。

媽嘆了口氣。她伸手到皮包裡撈出手機，將手機塞進我手裡。

但我還是沒有下車。

「蘇希。」她說：「從這裡回家要多久？」

蝙蝠俠和小丑走過，我認不出來是誰扮的。

「蘇？」媽說：「要幾分鐘？」

「不知道。」我說：「也許五分鐘？」

「五分鐘是幾秒？」她問。

「三百秒。」

「好。」她說：「那我希望妳這麼做：我要妳走進去，給這場舞會至少三百秒的時間。如果妳真的受不了，可以用這支手機打給我。我會來接妳，好嗎？蘇，但是至少走進那道門。」

三百秒。她要求的不多。

「寶貝，就在昨天，妳還準備好要飛到另一洲呢。」

對，但是我失敗了。

媽媽雙手捧住我的臉，和我對望了一會兒。「蘇，妳很勇敢，比我認識的任何一個人都勇敢。妳能做到的。」

我緊閉雙眼，深怕自己又大哭起來。

等我張開眼睛，我看著手裡的手機。我真的好想、好想做到——與其說是為了自己，更是為了媽媽。

媽媽似乎讀懂了我的心思，她說：「蘇，就當是為了我，請妳至少試試看？」

我打開車門，只開了足夠讓車裡光線透出去的小縫。接著有人拍了一下車窗。

「貝兒！」賈斯汀揮手。他穿得很正常，但是兩手戴了毛茸茸的巨型無指手套，看起來好像動物的腳爪。

看到他讓我鬆了一口氣，我忍不住大笑起來。

「這位就是服裝厲害到爆的賈斯汀嗎？」我媽問。

我點頭。

「妳到底要不要來？」賈斯汀隔著車窗對我喊。

我轉向我媽。「妳保證？我打電話妳就會接？而且會馬上回來接我？」

「沒錯。」

「妳會直接回家，途中都不會去別的地方？所以我五分鐘之後打給妳的話，妳一定會在電話旁邊？」

「我保證。」

三百秒。

我深吸一口氣。左手抓緊媽媽的手機，我踏出車外。

「妳扮誰啊？」賈斯汀問，他看著我的紅襪隊棒球帽。「棒球選手？」

我關上車門，看著我媽的車從路邊開走。我艱難的嚥了一口唾液，然後看著賈斯汀。

「只是普通人。」我說：「普通人不能當英雄嗎？」

「呃……」他用毛茸茸腳爪搓搓下巴，「不常見，但是我想偶爾會發生吧。」

我聽到體育館裡開始放音樂，有些是我沒聽過的歌。但是很明顯其他同學聽過，因為有一群人開始歡呼並且朝門口衝去。

「嘿。」賈斯汀說，指著停車場。「杜頓老師在那裡。」他像瘋子一樣，拚命揮舞他的毛毛手套。「哈囉，老師！」

杜頓老師穿著銀光閃閃的球鞋，我覺得看起來好滑稽。「老師，妳扮什麼？」賈斯汀問。

她將外套的拉鍊拉下，雙手扠腰，將下巴抬得高高的，擺出超人的姿勢。在她的外套裡是一件T恤，上面寫著：我教自然科。那你的超能力呢？

「你呢，馬隆尼同學？」她問：「你是狼人嗎？」

「不對。」賈斯汀說：「但是我打賭貝兒小姐知道我是什麼。」

「嗯，我知道你是什麼。」我說。

他們等我開口。

「他是野獸。」我說。賈斯汀一臉得意。

「啊。」杜頓老師說。「那麼我希望野獸準備好大跳特跳，因為杜頓老師準備要跳舞了。看！」她邊抬起一腳左右擺動，邊補充：「我甚至穿了舞鞋來。」

賈斯汀和杜頓老師走向前門，當老師打開其中一扇門的時候，馬上傳出震耳欲聾的音樂，賈斯汀轉頭看我。

「貝兒，來啊，」他說。

我想像體育館裡的景象——奇裝異服的學生圍成一圈又一圈，隨著節拍跳上跳下，鬧哄哄又亂糟糟。

「我必須先打個電話。」我說。

我轉身背對入口，從一數到三百。

三百秒，等於又有一千三百八十人被水母螫傷。

撥號之後，我將手機貼緊耳朵。

「喂？」線路另一頭的聲音問。

「爸。」我說。

我大概已經有超過五個月不曾講出「爸」這個字。五個月，等於一百五十天，超過幾百萬秒，可是我現在真的沒辦法計算出確切的數字。

接著是長長的靜默，似乎他真的不知道打來的人是誰。

「我只是在想。」我說。我咬住嘴唇，「也許我們應該去看那些恐龍腳印。」

等爸爸終於回話的時候，他的聲音聽起來怪怪的，好像有一點破音。

「好。」他說。

體育館裡播放的歌曲換了。我知道這首歌，是很多年前芙蘭妮和我還是朋友的時候。當時我從沒想過我們的友情會有什麼變化。

「我想要亞倫也來。」我說。

「好。」爸爸說：「當然可以。亞倫當然可以來。」

「還有羅科。」

「好，寶貝。我會打電話給他們講好時間。」

我靠在尤金菲爾德紀念中學的磚造圍牆上，聽著從體育館傳出來的音樂。
「蘇希，還有什麼事嗎？」
「沒有。」我說：「暫時沒有了。」
我沉默片刻。「我很高興妳打電話來，蘇希。」
「嗯。」
「那明天見？」
「好。」
「同樣時間，老地方見，對嗎？」
我在腦中描摩明宮裡的粉紅色塑膠皮沙發、魚缸，和那群只看得到自己倒影的魚，想著我和爸爸對坐而我一語不發的無數頓晚餐。
「我不知道。」我說：「也許我們明天可以試試看不同的餐館。」
這次換他沉默了一下。
「好啊。妳想去哪裡都可以。」
「好。」
「好。」

接下來忽然有些尷尬，因為我終於開口講話，卻想不太到要說什麼。

「爸，拜拜。」

「寶貝，拜拜。」我幾乎聽不清他的聲音。

「咔」的一聲，我和爸爸的通話斷了。

有人在我肩膀上輕拍了一下。我轉過頭，以為會看到賈斯汀。但不是，是莎拉·強斯頓。

「嗨，蘇希。」她說。莎拉扮成忍者，穿著一身黑衣。「妳進去過了嗎？」

我搖頭。

「我也才剛到。」她說。她頓了一下，然後補充：「我從來沒去過舞會，妳呢？」

我再次搖頭。

「我們可以一起進去。」她說。她看起來很緊張，也許還……有些期待。接著她用幾乎帶著歉疚的語氣說：「班上還是有很多人我不認識，我真的不想一個人進去。」

我好驚訝，連想都沒想就脫口而出：「可是妳有好多朋友。」

她和奧布芮在做實驗的時候同組，我還看過她和莫麗講話，也看過她和那群女生一樣將T恤下襬在腰間打結。

「其實沒有。」她說：「我是說，我認識一些同學，但是不能算是朋友。」

莎拉．強斯頓，她上次報告喪屍蟻，因為覺得牠們很可怕。

莎拉．強斯頓，她在杜頓老師教室門口逗留想看影片，捨不得離開。

莎拉．強斯頓，要我坦白說的話，人其實還不錯。

「杜頓老師在裡面。」我說：「我想她和賈斯汀應該一起在跳舞。」

莎拉微笑。「記得杜頓老師打扮成愛因斯坦那次嗎？」

我笑了。

「所有老師裡我最喜歡她。」莎拉說。

「是啊，」我附和：「我也最喜歡她。」

當時我有了這個念頭：如果杜頓老師說的是真的，我們每個人身上都有二十億個曾經屬於莎士比亞的原子，而莎士比亞甚至是四百年前活在海洋另一邊的古人，那麼我們身上一定也有曾經屬於芙蘭妮的原子。而且數量一定比莎士比亞的更多——我要說的是，芙蘭妮曾經在我們身邊，一起呼吸、走路、吃東西、大笑，甚至脫皮。曾經有很長的一段時間，她每天都是我們的一部分。

腦海中忽然浮現一個畫面：整個宇宙就是一組巨大的樂高，所有小積木可以組合成無限多種形體，也可以再拆開來重組成全新的形體。

我和莎拉一起走向體育館，在入口處停了下來。裡頭黑漆漆的，掛滿了彩帶，五顏六色的舞臺燈在室內不停旋轉，射出的光點一路游走，經過地板、牆面到天花板，然後輪流照亮同學們的臉龐。如果我將眼睛瞇成剛好的角度，甚至可以只看到燈光彷彿星星一般，在空曠的夜空中熠熠閃動。

我張大眼睛，看著擠滿學生的體育館。但一瞇起眼，燈光又好像變成水中生物，閃著生物螢光，互相發送訊號。

我想像自己向上漂到體育館的天花板，向下俯瞰所有學生組成的不同小團體，各自緊緊圍成一圈跳著舞。我想像每一圈跟著節拍同時揮手踢腿的時候，看起來會像什麼。或許，每個小團體看起來都會像一顆在收縮搏動的心臟。

或是一隻不斷收縮搏動的水母。

「老師和賈斯汀在那裡。」莎拉說，她指著他們。

就算隔了一段距離，我還是可以看到賈斯汀已經滿臉是汗。他將頭向後一甩，大笑起來。同一群裡的其他同學一起鼓掌，他們圍成一圈揮動手臂的樣子，好像正在攪拌奶油。賈斯汀好像可以感覺到我的視線，他抬起頭來向我揮手。

我瞇起眼，他隱沒在海和天之間。

「妳要過去嗎？」莎拉問。

我手裡還握著媽給我的手機。

也許是因為場內節奏的跳動，也許單純是因為賈斯汀朝我揮手，或莎拉對我微笑，或是杜頓老師和學生們一起舞動雙手。

總之，我不再瞇起眼，而是將手機放進T恤口袋裡，緊貼著亞倫的照片，然後深吸一口氣。

「要。」我跟莎拉說：「走吧。」

作者後記

雖然書中絕大多數的角色都是虛構的，但研究水母的專家們，包括詹米．西摩在內，都是真實存在的人物。我盡了最大的努力將他們如實呈現，以表彰他們的工作和研究成果。但其中有一處例外：戴安娜．納雅德第五度挑戰從古巴到佛羅里達州長泳，終於成功，實際上發生於二〇一三年九月二日，星期一。我曾想以虛構筆法描繪納雅德和其他研究人員，如此就不用在書中誤植這個深具歷史意義的日期。然而最後，我決定不要這麼做。納雅德女士的長泳，是令世人印象無比深刻的壯舉。她展現驚人的決心、毅力和體力，其成就值得鄭重的記上一筆，即使日期和蘇希的故事時間線並不是那麼吻合。

最前面幾章中，描述了觸摸池、水母展間和住了海洋生物的巨大水槽，對於新英格蘭的讀者來說想必很有親切感，因為那些是去參觀波士頓的新英格蘭海生館都會體驗到的，唯一不同的是水母展間裡並未特別介紹伊魯坎吉水母。

杜頓老師在課堂上介紹的攝影圖像包括：《冉升的地球》，由太空人威廉．安德斯於一一九六八年「阿波羅八號」任務中拍攝，以及《暗淡藍點》，於一九九〇年由無人太空船「航海家一號」從距離地球三十七億英里處拍攝，這艘太空船航行這麼遠的距離，所需的運算能力卻低於一支蘋果手機。杜頓老師在介紹圖像時說的話，呼應了已故天文學家暨人文主義者卡爾・薩根在他的著作《預約新宇宙：為人類尋找新天地》（*Pale Blue Dot: A Vision of the Human Future in Space*）中所寫。

蘇希在〈如何不說重要的話〉一章中回想的書籍，是凱特・狄卡密歐《傻狗溫迪客》。

蘇希和賈斯汀在〈授粉〉一章中看的影片，是由電影製作人路易・史瓦茲博格，在以「不為人知的授粉之美」為題的ＴＥＤ演講中所播放。可至ＴＥＤ演講網站（TED.com）收看。

「最令人震驚的事實」影片，由影像工作者麥克斯・席肯邁爾製作，影片中取用風趣的天文物理學家奈爾・德葛拉司・泰森的名言，並搭配上由哈伯太空望遠鏡和其他在外太空拍攝的影像。泰森的名言是在二〇一二年接受《時代雜誌》訪問時所說的，當時他回應的問題是：「您可以和我們分享關於宇宙最令人震驚的事實嗎？」

如果你喜歡思考和宇宙有關的問題，不妨讀讀看比爾・布萊森的《最簡短的萬物簡史》（*A Really Short History of Nearly Everything*），是專門為小讀者編寫的《萬物簡史》兒童版。

作者在書中解釋了宇宙的起源、地球的自然史，以及關於人類存在的奧秘。

如果你想一窺水母和其他陌生海中生物的真面目，那你一定會喜歡克萊兒．露芙安所著的《深海奇珍》（*The Deep: The Extraordinary Creatures of the Abyss*）。此書雖然是給大人閱讀的攝影集，但其中展現了奇幻瑰麗的海中世界，保證讓大小讀者都為之傾倒。

致謝

這個故事是從一次失敗中誕生的。幾年前，我對水母非常著迷——我熱中於牠們帶給我們關於自己和地球的各種啟示。我將所知道的一切，一股腦兒傾注在一篇散文裡，滿懷希望的投稿給一家光鮮亮麗的雜誌社。編輯回覆說他們覺得很有趣，卻將稿子擱置了一年……最後不予刊登。

我還沒有準備好要忘掉水母。我和蘇希一樣，開始研究所有水母專家，並且勤做筆記，雖然我不太確定這些心力到最後會成就什麼。而故事就是這樣成形的。

杜頓老師說得對極了：我們從失敗學到的教訓，甚至比從成功學到的更多。

我超級感謝我的經紀人和好友：「文藝鑄字坊與媒體」的茉莉．葛利克，謝謝她一針見血的編輯意見和豐富的業界經驗，幫這本書找到最適合的歸宿。也要謝謝同公司的愛蜜莉．布朗以銳利的鷹眼費心審閱書稿，潔西卡．雷戈將這本書介紹給世界各地的讀者，以及喬伊．福克斯。

謝謝安卓婭・史普納願意冒險賭一把，接受一份關於怪胎女孩著迷於奇異生物的古怪書稿——或許是因為曾有數週長的時間，她將一篇介紹不死水母的文章放在枕邊伴她入眠。她賭對了，並且給予我巧妙且無微不至的引導。謝謝小布朗出版社的全體工作團隊，尤其是狄德莉・瓊斯、羅素・布斯、維多莉亞・史泰普頓和梅根・廷利。

尼爾・蓋曼曾說：「Google可以幫你找出十萬個答案，而圖書館員可以幫你找出正確答案。」感謝克絲汀・羅斯和海倫・歐雪佛，無論我提出什麼問題，謝謝妳們總是幫我找到正確答案。另外，我也要向威廉斯頓影印店的愛莉諾・古德溫致謝，謝謝貴店幫我印了大概八百萬份草稿。誠摯感謝協助查核資料的克里斯多夫・貝倫茲與文字編輯芭芭拉・佩里斯，也謝謝好友傑弗瑞・湯瑪斯醫學士及博士在科學上提供許多洞見和靈感，以及始終如一的支持。

我對麻薩諸塞州的松礫中學滿懷感激，尤其感謝寫作工坊的諸位成員時時提醒著我，孩子其實非常睿智且滿懷熱情，也謝謝你們如此活潑逗趣，而且在各方面都表現出色。當你們一步步進入這個複雜的世界，願你們能永遠保持樸實、真誠、體貼和好奇。

謹向所有的老師，包括曾教過我的各位恩師，大聲說句：「謝謝您！」

我何其幸運，擁有許多傑出優秀的朋友：珍寧・海瑟林頓是我最棒的讀者，莫莉・柯恩斯是最努力幫我打氣的啦啦隊，還有瑞貝卡．坎普，妳絕對是在別人需要幫助時靜靜伸出援手的第一人選。

謝謝我所有的家人，謝謝你們一直陪在我身邊。

最後，要將無比的感謝獻給與我共度每一天的三個人：給布萊爾，你的存在支持著我，讓我無比安心，證明了和你結婚是我做過最不瘋瘋有洞的決定；給玫莉，妳提醒了我，生活和閱讀都應該永遠是場大冒險；給夏洛特，妳的好奇心讓我得以認識世界上無數不為人知的神奇事物。我愛你們。

小麥田
故事館33

聽不見的聲音
The Thing About Jellyfish

作　　者　艾莉・班傑敏（Ali Benjamin）
譯　　者　王翎
美術設計　高偉哲
協力編輯　林亭萱
責任編輯　巫維珍

國際版權　吳玲緯
行　　銷　何維民　蘇莞婷　吳宇軒　陳欣岑
業　　務　李再星　陳紫晴　陳美燕　葉晉源
副總編輯　巫維珍
編輯總監　劉麗真
總 經 理　陳逸瑛
發 行 人　凃玉雲
出　　版　小麥田出版
10483台北市中山區民生東路二段141號5樓
電話：(02)2500-7696　傳真：(02)2500-1967
發　　行　英屬蓋曼群島商家庭傳媒股份有限公司
城邦分公司
10483台北市中山區民生東路二段141號11樓
網址：http://www.cite.com.tw
客服專線：(02)2500-7718｜2500-7719
24小時傳真專線：(02)2500-1990｜2500-1991
服務時間：週一至週五09:30-12:00｜13:30-17:00
劃撥帳號：19863813　戶名：書虫股份有限公司
讀者服務信箱：service@readingclub.com.tw
香港發行所　城邦（香港）出版集團有限公司
香港灣仔駱克道193號東超商業中心1/F
電話：852-2508 6231　傳真：852-2578 9337
馬新發行所　城邦（馬新）出版集團 Cite (M) Sdn Bhd.
41-3, Jalan Radin Anum, Bandar Baru Sri Petaling,
57000 Kuala Lumpur, Malaysia.
電話：+6(03) 9056 3833　傳真：+6(03) 9057 6622
讀者服務信箱：services@cite.my
麥田部落格　http://ryefield.pixnet.net
印　　刷　中原造像股份有限公司
初　　版　2016年10月
初版五刷　2021年3月
售　　價　320元

ISBN 978-986-93526-0-4
Printed in Taiwan.

國家圖書館出版品預行編目資料

聽不見的聲音／艾莉・班傑敏（Ali Benjamin）著；王翎譯. -- 初版. -- 臺北市：小麥田出版：家庭傳媒城邦分公司發行, 2016.10
面；　公分. -- (小麥田故事館；33)
譯自：The thing about Jelly-fish
ISBN 978-986-93526-0-4 (平裝)

874.59　　105014793